年下アルファと秘密の妊活契約

真宮藍璃

illustration:
鳥海よう子

prism
bunko

CONTENTS

年下アルファと秘密の妊活契約

「……っ」

ベッドの上で男がローブを脱ぎ捨てた瞬間、木下英二《きのしたえいじ》は思わず息をのんだ。

金曜夜の都心、瀟洒なホテルの一室。

まだ慣れないけれど、一応セックスするのは三度目だ。体のほうは少しずつ行為をスムーズに受け止められるようになってきたものの、アルファ男性の大きな体躯を目の前にすると、どうしてもまだ、無意識に体が縮こまってしまう。

これはオメガである自分にとっては典型的な、本能的とも言える反応だと、「バースカウンセラー」の資格を持つ英二にはわかっているが、自分自身のこととなるとまた感覚が違うみたいだ。

アルファの、特に男性への苦手意識や恐れは、アカデミーでみっちりと学んだ「バース心理学」の知識だけでは、ぬぐい去ることはできないものなのだろう。

かすかに震える英二を見下ろして、男が気遣うように訊いてくる。

「大丈夫ですか、主任？　怖い？」

「ご、ごめん綾部《あやべ》。でもその……、少し、だけだから！」

「謝るところじゃないでしょ。あと、強がるところでもないですよ」

男――綾部充《みつる》が軽くそう言って、横たわる英二の上に身を重ね、優しく体を包むみたいに抱いてくる。

アルファ特有の力強く筋肉質な体と、いくらか高い体温。

自分はこれからこの屈強なアルファに抱かれるのだと、おののきそうになるけれど、ちゅっと啄ばむみたいに口づけられたら、柔らかな温かさを感じた。

綾部が確かめるように言う。

「体、やっぱり震えてますね。怖いのもあるんだろうけど、もしかしてちょっと、恥ずかしいんじゃないですか？」

「そ、なことは」

「正直に言ってくれていいんですよ？　まあでも、それも慣れてもらわないとしょうがないんですが。電気消してあげたいけど、ちゃんと反応を見ながらしたいから、そうもいかないしねえ」

思案げに綾部が言って、ふと思いついたみたいに言う。

「そうだ、俺がいいって言うまで、目、閉じてて？」

「えっ……、で、でも？」

「大丈夫、ちゃんとよくしてあげますから。俺のこと信じて……、英二」

恋人に話しかけるみたいに甘い声で名を呼ばれ、ドキリと胸が弾む。

抱き合うときには、本物の恋人みたいに愛し合う。そしてベッドでは、お互いに名前で呼ぶ。

それは今から二週間ほど前、こういう関係になると決めた日に、綾部に提案されたことだった。

ここでこうして触れ合っているのも、綾部が英二のとんでもないお願いを快く受け入れ、希望に応えてくれているからで、英二だってここでは、ちゃんと彼の恋人のように振る舞うべきなのだ。

――とにかく子供だけでも産みたいから、妊活に協力してほしい。

まさか誰かにそんなお願いをすることになるなんて、二週間前まで想像もしていなかったし、職場の後輩の綾部がそんな与太話に乗ってくるとも思わなかった。

だが、ともかくも二人は秘密の契約を交わした。

誰にも知られず密かに逢い、二人で子作りに励むという、「妊活契約」を。

「……ん、ん……」

言われるまま目を閉じると、綾部が英二のローブの帯をほどいて前を開き、胸の真ん中にキスを落としてきた。

思わず口唇《くちびる》を結んで声をこらえると、綾部がクスリと笑って言った。

「声、出していいんですよ？　あちこち敏感になってきたみたいだし。何事も我慢はよくないです」

「そ、そう、言われてもっ……」

「ほら、ここももう反応してる。すごく素直な体をしてるんですよねえ、英二は」

「ぁ、あっ、は、ぁ……！」

知らず頭をもたげていた自身に指先で触れられ、我慢できずに声が出てしまう。

英二は二十九歳だが、この年まで誰かと付き合ったことはなく、抱かれたのも綾部が初めてだ。ベッドでどんな反応をするのが普通なのかも知らないし、愛撫で感じて声を出してしまうことにも、実はまだ慣れていない。

綾部の言うとおり、確かに恥ずかしいという気持ちが強いのかもしれない。

ごく一般的なオメガならとっくに結婚していて、子育て真っ最中の年齢なのに、今さらそんなふうに思ったりするなんて、うぶすぎるだろうか。

でも綾部に触れられると体の芯が溶けてくる感じで、身も心も少しずつほぐれてくるのがわかる。やはりアルファを求めるのはオメガの本能なのかもしれないと、遅まきながらそう実感し始めているところもあって……。

「ああ、先から嬉し涙が出てきた。こぼしちゃうの、もったいないな」

「っあ！　あぁ、う、ふっ……！」

勃ち上がった自身をねろり、ねろりと舌で舐められて、ビクビクと背筋が震える。

男型のオメガだから、自分でそこに触れることはもちろんあるが、綾部に触られるまで他人に触れられたことはなかった。まして舌で愛撫される感触なんて知る由もなかったが、そうされるだけで英二の声はますます濡れ、快感で意識がぐらぐらしてきてしまう。

「こっちも少しほころんで、潤んできましたよ。ほら、わかるでしょう？」

「あ、あっ、うう、んっ」

前をチロチロと舐めながら、後孔を指の腹で探られて、甘く湿った吐息がこぼれる。

アルファの巨大な男根を受け止める入り口である窄まりも、男型のオメガには淡い悦びを覚える場所だ。はしたなく腰をくねらせると、膝を折られて大きく肢を開かれた。

綾部がぐっと身を寄せて自身の先端を口に含み、後ろを指でまさぐりながら、ゆっくりと口唇を上下させ始める。

「はぁ、ああ、あっ、ぁあっ」

口腔の熱さと幹に吸いつく内頬の柔らかい感触、そしてざらりとした舌が絡みつく絶妙な刺激。この年になって初めて知った口淫の悦びに、身悶えそうになる。

同時に後ろをくるくると撫で回されると、そこがゆるりとほころんで、柔襞が指に吸いつくのがわかった。つぷ、と指を沈められると、中がかすかに潤み始めているのが感じられた。

　綾部がちゅぷっと音を立てて英二自身から口唇を離して、ささやくみたいに言う。

「……英二の嬉し涙、もう白いのが交じってるみたいだ。俺と抱き合うようになって、発情フェロモンの分泌が活性化されてきたのかもしれないな」

　綾部がちゅっと先端部にキスをして、どこか楽しげに言う。

「これ、我慢したままつながったら英二が苦しそうだし、先に一度出しときましょうか」

「えっ、あっ！　ああっ、ああ！」

　返事をする暇もなく、綾部がまた英二を喉奥まで含み、先ほどよりも力強く頭を揺すり、追い立ててくる。

　まるでむさぼり食われているみたいな激しい吸引に、慌てて腰を引きそうになったが、後ろに二本目の指を沈められ、かき混ぜるようになぞり回されて、快感の淵に落とされる。

　前と後ろの気持ちのいい場所を的確に刺激され、あっという間に腹の底がキュウキュウと収斂し始める。

「ひ、ぁっ、み、つるっ、達《い》、ぃっちゃっ！　ぁあっ、アッ……！」

　こらえる間もなく全身を喜悦の波が襲い、背筋から脳髄まで、ビリビリと電流が走ったみたいなしびれが駆け上がる。

綾部の口腔に白蜜が溢れる感触に、いたたまれなさを感じるが、今さら止めることもできない。自分でするのよりもずっと強い愉悦の大波に、ただたゆたっていることしかできなくて――。

「……やっぱりいいな、名前で呼ばれるの」

ややあって吐精がやむと、そう言われて閉じた瞼にキスをされた。綾部が静かに告げる。

「あなたのいい匂いがしてきた。もう、目を開けても平気だと思いますよ」

ゆっくりと開けると、間近に綾部の端整な顔が見えた。

「……あ……」

うっとりするくらい艶めいた、雄の色香を漂わせたアルファの男が、そこにはいた。

射精とともにいくらか発情フェロモンが分泌され、緊張感もほどけたのだろう。恐れはもうない。ただもっと触れてほしい、快感を与えてほしいと、淫らな劣情が湧いてくるばかりだ。

自分が目の前のアルファに欲情しているのを感じて、心拍数が上がっていく。

「すごく色っぽい顔してますよ、英二。二人で、いい夜にしましょうね？」

綾部の甘い声音に導かれるように、英二は情交の甘い淵へと落ちていった。

◆　◆　◆

男女の性を超えた新しい三つの性がこの世界に誕生して、数百年。

現代社会は人口の一割ほどを占めるアルファと、八割強のベータ、そして残りの割合を占めるオメガの、三つの「バース性」で構成されていた。

知能と体力と体格がほかより抜きんでた、優良人種であるアルファ。

あらゆる能力が平均的、理想的市民であるベータ。

そして、妊娠出産能力に長けているほか、何か専門的な分野で飛び抜けた才能を発揮する者もいるものの、強烈な発情フェロモンを発して意思にかかわらずアルファを誘惑してしまう「発情期」があるせいで、社会的にはやや不利な扱いをされている、オメガ。

この三つの性が混在して形作られているのが、この社会だ。

海外諸国はもちろん、この日本においても、あらゆる社会組織の頂点にはエリートアルファが君臨しており、政界を力強く牽引、財界においても一族郎党アルファ、代々アルファが当主～のいくつかの家系が一大財閥を作り上げ、巨万の富を生み出している。

英二はオメガではあるが、そんな財閥の一つ、鷹城《たかしろ》グループの中心企業、鷹城ハイテクノロジーに勤めている。所属は本社人事部で、労務安全管理課に数年前に設立された労務調査室だ。

二十歳のとき、オメガとして初めて東京国立学術アカデミーを首席で卒業した英二は、これまたオメガとして初めて、医療福祉系専門職である「バースカウンセラー」の職種で財閥系企業に採用されたのだ。

それから、はや九年。

英二はコツコツと真面目に働いてきた。それなりに責任のある仕事を任されているが、出世競争の面では、アルファやベータの同期や後輩にどんどん抜かれている。

努力が報われないのは残念なことだが、なにぶんオメガの社会進出が認められるようになってまだ日が浅い。ある程度は仕方がないことと受け止めているので、代わりに英二は、カウンセラーとしての視点から後輩指導に力を入れるようにしている。

そうやって仕事に打ち込んできた結果、今ではいわゆる、行き遅れのアラサーオメガだ。

そんな英二でも、とりあえず子供だけは産んでおくべきなのか。

普通、そういったデリケートな話は、「バース安全管理法」上の「オメガに対する重大なハラスメント行為」に当たる場合がある。

だから会社の同僚とは、まずその手の話をすることはないのだが、綾部と最初にその話をしたのは、今からふた月ほど前のことだった。

「あー……、なんかまだ、疲れが残ってるなあ」

月曜日の朝。英二はいつものように会社に着き、オフィスのコーヒーサーバーで朝の一杯を淹れ、新しい一週間を始めようとしていた。

でもその朝は、前日に出かけた結婚活動パーティーの気疲れがなんとなく残っていた。

『え、もう二十九っ？　……ええと、なんていうか、お若く見えますね？』

『すみませんが、その、私はやはり子供がたくさん欲しいので……』

『仕事を続ける？　失礼ですが、ではなぜ婚活を？』

昨日アルファに言われた言葉を思い出すと、いちいち反論せずあいまいにうなずいていた時間の無意味さにぐったりしてしまう。

若く見える、というのはよく言われるが、英二は特に童顔だというわけではない。

やや色素が薄く、髪も真っ黒というよりは少し茶色がかっているので、まずはそこからの印象なのかもしれない。タレ目気味の目や細い鼻筋、ぽってりとした口唇と、そのわりにやや細い顎なども、幼く見える理由なのだろう。

元々アルファから見たらオメガはみんな体が小さいし、自分が庇護して可愛がりたい、できればそんな相手であってほしい、という望みを抱いているアルファも現実にはたくさんいる。オメガは若さと奥ゆかしさと可愛げが一番、という人たちは別にそれでいいと思うが、それを自分に求められても、正直お応えするのは難しいかもしれない。

若さはどうにもできないし、奥ゆかしさは努力次第かもしれないが、可愛げというのは、おそらく今のような仕事を続けている限りは無理だと思う。

(つまり、俺は婚活には向いてないんだな、うん)

身も蓋もない結論にたどり着いたところで、コーヒーを一口飲む。

はあ、と大きなため息をついた途端、背後からよく通る快活な声が届いた。

「おはようございます、木下主任」

「……おはよう綾部。今日は早いね？」

振り返ると、スーツにビジネスリュック、朝食のサンドイッチとコーヒーを手に、足元はスニーカーという軽快ないでたちの後輩、綾部が立っていた。

綾部は英二より四歳年下の二十五歳、半年ほど前に異動でこの部署にやってきた、海外支社帰りの優秀な社員だ。アルファ特有の大きな体躯をしているが、着やせするタイプなのかスーツ姿はすらりとして見える。

軽くウエーブがかかった少し長めの髪や、目鼻立ちのはっきりした端整な顔からは、若いエネルギーが溢れ出てくるようだ。

英二の隣の自分の席に着き、パソコンの電源をつけてコーヒーをすする綾部に、英二は言った。

「月曜から快活だね、綾部は。いい週末だった？」

「ええまあ。久しぶりに波乗りに行って、結構リフレッシュできたんで」

綾部が言って、からかうように続ける。

「主任のほうはどうなんです？　朝から盛大なため息ついてましたけど、もしかして、また婚活パーティーにでも行ってきた？」

「う……、なぜそれを」

「だって、明らかにお顔がげっそりお疲れですもん。そんなに消耗するなら行かなきゃいいのに」

それは本当に綾部の言うとおりだと思う。というか、本音を言えば英二だって、どうしても結婚がしたくて行っているわけではないのだ。

多くのオメガは、ハイスクールを出たらアカデミーに進学したりせず即婚活を始める。二十歳そこそこでハイスペックなアルファを捕まえて番になり、できればアルファの赤ん坊を産むことが、幸せの王道だといわれている。

英二は進学の時点でその道を大きくそれた上に、運よく財閥系の大企業に就職した。ただでさえ数少ない同期のオメガが寿退社していく環境でも、なんとか辞めずにきて、近頃はできればこのまま定年まで働きたいなと思い始めている。

今さら結婚などどうでもいい、というのが英二の偽りのない本音なのだ。

けれど、人は本音ばかりでは生きていけないもので……。

「まあ、行かなきゃいいのは確かなんだけど。これも浮世の義理ってやつだよ、綾部」

「婚活パーティーに行くのがいったい誰へのどんな義理立てになるのか、よければ教えてもらってもいいですかね？」

「うーん、母とか伯母とか？　俺の母はオメガで、自分が離婚してるからそんなでもないんだけど、伯母がね。こないだ生まれた孫が可愛くてしょうがないせいか、あなたも子供だけでも産んでおくべきよ～！　とか言い始めてて」

「はぁ、ありがちと言えばありがちな話ですけど……、え、主任はそうしたいんですか？　とりあえず子供だけでも産んでおくべきだって思ってる？」

「まさか！　でも心配されてるのはわかってるし、かたくなに俺は独り身を貫きます！　って言うのも角が立つだろ？　だからまあ、なんとなくやり過ごして子作りのタイムリミットが過ぎるのを待ってるって感じかな、今は」

それこそ、家族には絶対に言えない本音だ。

一般的に、オメガはアルファを出産する確率がほかのバース性と比べて倍近く高いため、ひとり親でも子供を産めば養育を政府が支援してくれ、産後のキャリア形成も可能だ。

伯母が子供だけでも産んだら、などと言い出したのには、そういう制度が整っているからというのもあるが、そうはいっても一度仕事の現場を離れれば勘を取り戻すのは難しい。

また、オメガの出産適齢期はだいたい二十代前半なので、三十路近くになると発情フェロモンであるオメガフェロモンの分泌が激減、それに伴って発情の回数も減り、妊娠そのものがしづらくなる。

自分もその時期に差しかかっているのを日々感じていて、どちらかといえば早く過ぎ去ってほしいと思っているのだ。

「まあ、でもどうなのかな。もしかしたら、それはそれでありなんじゃないかなって、俺は思いますけどね」

綾部が思案げに言う。

「子供だけでも、って、ある意味合理的っちゃ合理的じゃないですか？」

「え、そう思う？」

「俺はね。多数派の意見じゃないってことは心得てますけど、選択肢としてはあってもいいんじゃないかと」

「なるほど。なんか、綾部らしいね」

（……綾部って、こういうとこがちょっと変わってるんだよな）

誰にでも物怖じしないカラッとした性格の、とても親しみやすさを感じさせる朗らかな好青年。それが、英二から見た綾部という男だ。

でも噂では、綾部は自分は独身主義者だと公言したことがあるらしい。

飲みの席での話だし、ふざけて言い寄ってきた相手を適当にあしらうためにそう言っただけかもしれないが、綾部は人間関係に少しだけドライなところがある。

気さくなわりにあまり深く踏み込んでこないタイプというか、どこか壁を作っているというか、人は人、と達観しているようにも見える。

とはいえ、もちろん英二とはとても打ち解けているし、オメガとしてはいい年の英二が、もうここまできたら結婚だの出産だのよりとにかく仕事を続けたい、と思っていることも、すんなりと受け止めている。そのあたりは、ある意味幹部候補のアルファらしい視野の広さのせいもあるのかもしれない。

人事部の労務安全管理課は、社内の様々な部署で働く被雇用者が安全で快適に働けるよう、本部から直接働きかけていくことを、業務の一つの大きな柱としている。そのため、いずれはアルファ、ベータ、オメガが混在する巨大な会社組織をまとめていく立場である幹部候補のアルファ社員は、だいたい一度はこの課に異動になる。

綾部もそれで順繰りに異動してきた社員だから、しばらくしたらまた異動してしまうのだろうが、気楽に話せる後輩というのはなかなか悪くないものだと、英二は密かに思っている。

「やあ、きみたち、おはよう」

「あ……、おはようございます、課長！」

「おはようございます」

背後から不意に課長に声をかけられたので、綾部と二人で、さっと立ち上がって挨拶をする。課長の横には、パリッとしたスーツを着た若い男が立っていた。

体格から言ってアルファ。顔つきはまだ二十歳そこそこの学生といった様子だが、インターンの学生が来る時期ではない。

労務調査室は綾部を含む調査担当のアルファとベータの正社員が計八人、英二と、アルファのバースカウンセラーの計二人の十人体制で仕事を回しているが、そのもう一人のカウンセラーと、ベータの正社員が一人、現在産休中だ。

おそらく、その補充で急遽異動してきた若手社員だろう。

英二が心の中でそう見立てていると、課長が言った。

「今日付けで第三営業部から異動してきた井坂《いさか》君だ。井坂君、カウンセラーの木下主任と調査担当の綾部君。木下主任とは近々現場に一緒に行ってもらうかもしれない。挨拶を」

「初めまして、井坂タカシです！　元気だけが取りえですが、木下主任、どうぞよろしくお願いいいたします！」

見た目の若さに見合う元気な大きな声で、井坂が迷いなく綾部に向かって挨拶をしたので、一瞬全員が黙った。よくある勘違いに、内心苦笑いしてしまう。

何も知らずに二人を見比べたら、綾部のほうを役職付きの社員だと思うのは無理もないことだ。誰がどう見ても綾部はアルファ性だし、オメガ性は一般的に、突発的な発情によるアルファ性の暴走等の事故防止のため首を保護するチョーカーをつけており、それは英二もそうなので一目瞭然だ。

入社したばかりの頃はもちろん、主任という立場になってからもこういうことは日常茶飯事なので、英二は笑みを見せて、自分が木下だと名乗ろうとした。

するとそれよりも一呼吸早く、綾部が口を開いた。

「えーと、井坂君だったっけ。おまえ、どうして俺を木下主任だと思ったの？」

「えっ？」

「バースカウンセラーって職種から？　それとも肩書が主任だから？　まさか俺がアルファだから、ってことはないよな？」

綾部に軽い口調で畳みかけられ、井坂が目を見開く。

それからこちらを見てあっと声を上げ、慌てて訊いてくる。

「あのっ、もしかして、木下主任っててっ……？」

「あ、うん。俺が、木下です」

「うわっ、も、申し訳ありません！　とんだ失礼をっ！」

「だなー。異動早々やっちまったなぁ？」

綾部が混ぜっ返すように言う。

「学校教育でもさんざん言われるし、新人研修あたりでも言われてると思うから当然知ってるとは思うが、オメガを公然と侮辱するのはバース安全管理法に抵触する行為だからな？　無視したり話をまともに聞かなかったりするのも、もちろん含まれるぞ？」

「そ、そんなつもりではっ！　すみません、本当に！」

「ちなみにそんなつもりがあったかなかったかは関係ないから。おまえがどういうつもりだったんだろうが、ハラスメントの事実は相手がどう思うかで認定される。これはバース性の話だけじゃない。職場の人間関係の、あらゆる局面で――」

「まあまあ綾部君。初日だしそのくらいで。井坂君、涙ぐまなくても大丈夫だからね？」

課長が鷹揚に綾部を止めつつ、涙目の井坂を気遣う。

すると綾部が、穏やかな声で言った。

「そう、別におまえを責めてるわけじゃない。……なんて言うのは、これはこれでパワハラになりうるわけだけど、先入観や偏見をなくして働きやすい職場作りを目指すのが、労務安全管理課の仕事だってこと。それをちゃんと知っといてほしかっただけだよ。脅すみたいな言い方をして悪かったな」

綾部がにこりと微笑んで、優しく言う。

「おまえは初日から一つ成長できた。それはとてもいいことだと思うね。……ですよね、主任？」

「ん？　ああ、そうだね。綾部の言うとおり。どうぞよろしく、井坂君」

「はい！　こちらこそ、よろしくご指導のほど、お願いいたします！」

井坂が言って、頭を下げる。

新人を指導をしつつその場をサラッとおさめ、先輩の英二もきちんと立てる。

綾部のこういう機転に英二は仕事の上で何度か助けられている。彼自身が偏見のない

アルファだからこそ、嘘のない言葉が相手に届くのだろう。

少し変わっているが、カラッとした性格の親しみやすいアルファの後輩。

課長と井坂を見送る綾部の横顔を、英二は好感を持って見ていた。


英二が所属する労務調査室は、その名のとおり社内の労務調査を行い、何か問題があればそれを解決するのが仕事だ。

英二はバースカウンセラーとして、調査担当の社員と一緒に全国各地の事業所を回り、従業員のメンタルケアを行ったり、相談を受けたりして、業務改善の提案などをするのが主な業務だった。

「この事業所、来たの初めてかも」

「工場ができて以来、ずっと生産実績のいい優良事業所として知られていたみたいですからね。少なくとも、前の所長がいた頃までは」

その午後のこと。

英二は綾部と二人で、労務調査のため都内のとある工場を訪問していた。

そこは主に計測器の部品を生産している工場で、さほど規模の大きな事業所ではないのだが、最近オメガの休職者が続けて二人ほど出ていた。

どこの事業所にも数人の休職者はいるし、人手不足で社員の残業時間が増え始めている隣県の研究所に行ったほうがいいのではないかと、綾部には提案されていたのだが。

(緊急性が高いのは、たぶんこっちだと思うんだ)

先日から、労務調査室のアドレス宛てに告発メールが二度ほど来ていた。

場所をぼかして匿名で送られてきていたが、どうやら発信元はこの工場の寮で、工場では所長の角田《つのだ》というベータ男性からのオメガの従業員に対するパワハラが、日常的に起こっているらしい。バースカウンセラーとして、それは見過ごしてはならないことだった。

――バース性による精神的、身体的暴力行為または強迫行為、差別的言動は、どのような場合でも決して許されてはならない。

それはバース安全管理法の前文に明記されている一文だ。

オメガには定期的に発情期があり、その期間は体から強い発情フェロモンが分泌され、番のいないアルファ性に激しい劣情を催させ、理性すらも失わせてしまう。

その特性から、オメガは長らく劣等種として疎まれ、差別されてきた。突発的な発情により欲情したアルファからの暴行や、差別感情を背景とした痛ましい事件は、残念ながら現在も多く起こっている。

だが長年の差別反対運動と、発情を適切に管理することができる抑制剤の開発のおかげで、二十年ほど前にバース安全管理法が制定され、それ以降はオメガへのあらゆる差別的な言動は「バースハラスメント」とみなされ、処罰の対象になった。

企業や教育機関など、複数の人間で組織される集団にはかならずバース心理学の専門家であるバースカウンセラーを置くことが義務づけられ、バース性が原因で起こったと思われるトラブルや事件は、調査の上で行政に報告をしなければならない。

企業の労務調査室においても、もしバース性にまつわるトラブルが起こっているのなら、そちらを優先して解決すべきとされているのだ。

「こんにちはー」

抜き打ちで訪れた工場の入り口で、無人受付のインターホンを押して呼びかけてみたが、誰も出てこない。施錠されたドアの窓から中を覗くと、つなぎの作業服を着た従業員が二人ばかり見えたのだが……。

「……なんか、泣いてないですか、あの人？」

「みたいだね」

作業場に入る手前、事務所区画の廊下の隅で、小柄な二人が向き合っている。めそめそと泣いている人物を、もう一人が慰めているみたいだ。コンコンとドアをノックすると、慰めていたほうがこちらに気づいて、いぶかしげにそばまでやってきた。

体格から言ってベータの女性か。インターホンのスイッチを押して言う。

『すみません、気づきませんで。どちら様でしょう？』

「本社人事部、労務安全管理課の木下と綾部です。アポイントは取ってないんですが、労務調査の件で参りました」

身分証を見せながら言うと、女性が困ったように言った。

『上の者はただ今会議中で。伝えてきますから、そこでお待ちを』

「あー、これ抜き打ち調査なんで伝えなくていいです。今すぐここを開けてください」

『え、抜き打ち……？』

綾部の言い方が少しばかりきつかったせいか、女性がひるんだ様子を見せたが、ちらっと区画の奥を確認して、ためらうように言う。

『で、でも、勝手に開けたら角田所長がなんて言うか……』

「我々は本社から立ち入りの許可をもらっています。所長さんに知らせずに通しても、あなたに不利益なことにはなりません」

『そうなんですか？　でも、もしも所長が……』

『……もういいじゃないですか！　入ってもらいましょうよ！』

逡巡する女性の脇から泣いていたほうの従業員が割り込んできて、ロックを外し、勢いよくドアを開けた。

首にチョーカーをしているから、こちらはオメガの男性だろう。ベータの女性が少し焦った様子で言う。

「ちょ、勝手に本社の人を入れたらまずいんじゃないっ？」

「もうどうでもいいですよ！　おまえみたいな出来損ないのオメガなんか今すぐクビだって、所長が自分でそう言ったんだから！　僕はもうここことは関係ありません！」

「……失礼、本当にそんな言い方を？」

思わず訊ねると、オメガの男性が泣きながら言った。

「いつもはもっとひどいんです！　劣等種のくせにとか、おまえなんかアルファに媚びて養ってもらえとか！」

「あー、そりゃひどいな。完全にアウトだね」

綾部が渋い顔で言いながら、当たりだ、という顔でこちらに目を向ける。英二はうなずいて、女性たちに訊ねた。

「会議中と仰しゃいましたが、今から立ち入り調査を開始します。まずは事務所に案内してもらえますか？」

「いいですとも！」

オメガの男性が請け合う。ズンズンと歩き出した男性のあとについて、英二は綾部と建物の中に入っていった。


「無理なノルマを課されるんです。できなければ、これだからオメガは、と」

「風邪で休んだだけで、オメガはか弱いとか言われて」

「オメガのおまえに残業代は出せない、って言われたこともある」

「……なるほど。よくそんなあからさまなことをやってるなぁ。ほかには？」

泣いていたオメガ男性に事務所に連れていってもらい、そこにいた事務員に声をかけたところで、話を聞きつけたオメガの従業員が数人やってきて、所長の所行を次々と暴露し始めた。

話を聞き出すのが上手い綾部にまずは聞き取りを任せて、英二は業務日報や工場の稼働状況、従業員の勤怠記録などを順に見ている。

休職したオメガがいたのは、この工場の製造ラインの最後の工程で、今はそこの担当者はおらず、少ない人数のままになっているようだ。

これではほかの従業員にもしわ寄せがいくし、不満も出てくるだろう。現に仕事の能率が下がっているのか、工場の生産率はやや落ちている。

そんな状況でもパワハラを続けている角田という所長は、いったいどういう心理状態なのだろう。それほど大きな事業所ではないものの、ベータとしては初めて所長に就任した男性だと聞いているし、そこそこ優秀な社員であるはずなのに。

(……あれ、この男の子って、身内なのかな?)

所長のデスクにひっそり置かれた写真立て。

写っているのは角田と、小学生くらいの男の子だ。二人とも笑っていて、とても楽しそうないい雰囲気だ。顔立ちや親しげな感じからすると親子のように見えるが、ここに来る前にまとめた資料によれば、角田は独身であるはずだ。

もしかして離婚でもしたのか、それとも何かほかに事情でもあるのだろうか。

写真をもっとよく見てみようと、身を乗り出した。

「うわ? なんだこれ、すごい数だな」

目に入ったデスクの脇に置かれたゴミ箱が大量のドリンク剤の空き瓶で埋まっていたので、思わず声を上げる。オメガの従業員の一人が、こちらを見て言う。

「それ、全部所長が飲んだやつです。毎日最低でも五本くらい飲んでて、さすがに大丈夫なのかなって、みんな心配してますよ」

「そんなにたくさん……？」

忙しいときにたまに飲んで、頑張ってその場を乗り切る、とかならわからないでもないが、毎日五本となるとさすがに多い。そこまでしないと仕事をやっていけないのなら、それは何か別の問題も発生しているのでは……？

『労務調査だとっ？　聞いてないぞ、そんな話！　誰が入れやがったんだ！』

「すみません、でも、本社の許可を取っていると……」

『ふざけるな！　ここの所長はこの俺だ！　勝手な真似するなっ！』

廊下のほうから近づいてきた怒鳴り声に、綾部が苦笑する。

「やれやれ、おかんむりですねえ」

「まあ、話を聞いてみようよ」

英二が答えると、事務所のドアが勢いよく開いた。

入ってきたのは標準的な体形が多いベータにしては、ややメタボリックシンドロームが気になるボディーラインの中年男性だ。

少々顔色が悪く、目の下にはクマがある。所長、と書かれた顔写真付きＩＤカードを首から下げてなければ、管理職にすら見えない風貌だ。

苛立たしげな表情で英二と綾部を順に見つめてから、迷わず綾部に訊ねる。

「あんたですか、本社の人事部から来たってのは？」

「あー、はい。労務調査室の綾部です。けど、自分は……」

「うちは何も問題なくやってますよ。ノルマも達成しているし、事故もない」

角田が吐き捨てるみたいに言う。

「お若い幹部候補のアルファさんが、部下まで連れて乗り込んでくるような部署でもないでしょ。忙しいんで、もうお帰りいただけますか」

剣呑な言い方に、さすがの綾部も目を丸くしたが、あくまで冷静に言葉を返す。

「角田さん、申し訳ないんですがそれを決めるの俺じゃないんで。あちらの、労務調査室所属のバースカウンセラー、木下主任に仰っていただかないと」

「バースカウンセラーだってっ？」

角田の驚きの声に、そこにいたほかの従業員たちもざわつく。角田が慌てて言う。

「そ、それは……、でも、どう見ても……」

「ええ、主任はオメガ性ですね。だからどうだと？」

「い、いや、その」

「バース性による差別はどのような場合でも許されない。事業所の長であるあなたなら、もちろんご存じですよね？」

綾部が慇懃な調子で言う。

英二と綾部が突然やってきた理由に、ようやく思い当たったのだろう、角田がちらりと従業員たちに目をやって、それから英二におずおずと言う。

「……法令は、順守しているつもりです。ただその、ときどき少し、言いすぎてしまうことも、あるというか……」

「言いすぎてしまう、ですか？」

「その、いろいろと誤解されている部分も、あるのではと」

角田がそう言うと、従業員たちが口々に反発し始めた。

「誤解なんかじゃありません！　二言目にはこれだからオメガは、とか言うし！」

「早く結婚しろとか、アルファに色目使ってるとか言ってたじゃないですか！」

「体調不良は誰だってなるのに、オメガにだけ嫌みを言うのはなんなんですか！」

今まで抑えていた不満が一気に爆発したのか、従業員たちに強い言葉をぶつけられ、角田が顔を真っ赤にする。

目の下のクマがさらにどす黒くなって、今にも怒鳴り出しそうだが、どうやら反論の余地がなかったようで、苦虫を噛み潰したような顔で押し黙るばかりだ。

従業員たちの言っていることは、先ほどから聞き取りをしている内容とだいたい同じだ。角田が素直にオメガへのハラスメントを認めるなら、本社に報告してしかるべき処分を下し、この件は終了、というところなのだが。

(どうもちょっと、気になるんだよな)

息子らしき人物と写っている写真。ドリンク剤の量。目の下のクマ。

英二は少し考えて、従業員たちに言った。

「皆さん、お話してくださってありがとうございます。後ほど、もう少し詳しくお訊きしますね。少し所長さんに確認したいことがあるので、皆さんは一度、事務所の外に出ていていただけますか？」

穏やかにそう言うと、綾部が意外そうな顔をした。

けれど英二に何か考えがあると察してくれたようで、従業員たちを促して部屋の外に出した。綾部がドアを閉めたのを確認して、英二は言った。

「すみませんね、会議中に勝手に事務所にお邪魔してしまって。まあどちらにしても、聞き取りはすることになるのですが」

「……かまわんですよ、もう。確認したいことってなんです」

角田がいくらか投げやりな口調で訊いてくる。

英二は落ち着いた声で切り出した。

「少々、個人的なことをお訊きしたいんです。角田さん、最近眠れてます？」

「え……」

「目の下のクマ、結構すごいから。ドリンク剤もたくさん飲んでるみたいだし、もしかして日中に強い眠気を感じてるんじゃないかなって思って」

質問の内容が意外だったのか、角田ばかりでなく綾部も怪訝そうな顔をする。

角田が少し警戒の色を見せて言う。

「……別に、普通ですよ。眠いから飲んでるってわけじゃ」

「ちなみにお酒やたばこは？」

「やりません」

「ご趣味なんかは？」

「いや、特に。……あの、いったいどういう質問なんです、これ？」

角田が戸惑った顔をする。英二は綾部に言った。

「ちょっと資料を見せてくれる？」

「あ、はい。どうぞ」

綾部がいつものビジネスリュックから紙の束を取り出してこちらによこしたので、英二はそれをぱらぱらと捲り、角田の経歴の部分をもう一度読んでから言った。

「角田さんは、福岡の工場での真面目な仕事ぶりを認められて、東京のこの工場に転勤になったんですよね？　ベータとしては初の所長職だとか？」

「……一応、そうですが」

「以前の工場では、古いやり方にとらわれない業務フローを提案したり、部下の意見を取りまとめて積極的に上に上げたりしていたと。こちらの工場でもそうした改革を？」

「それは、もちろん」

「上手くいっていますか？」

「少しは……。けど、向こうとここはやり方も違うし、納期やノルマも違うんです。そう簡単に改善ができるなら、誰も苦労はせんでしょうが」

角田がいくらか不満そうな顔で言う。ここでの業務の現状に思うところはあるようだ。

今までと違う環境に連れてこられたら誰でもそうなるものかもしれないが、もしかしたら彼の場合、ベータとして初めて事業所のトップに就任したことが、ややプレッシャーになっている、ということも考えられる。

質問の仕方を考えていると、綾部が場をつなごうとするように、さりげない口調で言った。

「それ、いい写真ですね」

「えっ」

「すごくよく似てるし、息子さんですよね？　小学生かな？　お名前は？」

デスクの上の写真を見ながら綾部が言うと、どうしてか角田が、写真立てをさっと倒して、口ごもりながら言った。

「幸太《こうた》、です。でも、仕事とは関係ないでしょっ」

思ったよりも強い拒絶の口調。あまり触れられたくないのだろうか。

でも、そういう部分に何か大事なヒントが隠れていたりすることはよくある。英二は少し思案して、気遣うように訊いた。

「角田さん、幸太君とどれくらい会っていないんですか？」

「っ？　そ、そんなこと、仕事にはっ……」

「関係ありますよ。家族と離れて暮らすことのストレスに、一番弱いのはベータです。結婚はできても、アルファやオメガのような関係にはなれないからです」

英二の言葉に、角田がハッと目を見開く。

アルファ性とオメガ性は、オメガの発情によって強く惹かれ合い、性交の絶頂のさなか、アルファがオメガの首を噛むことにより、番になる。

番になればオメガの発情フェロモンは相手のアルファだけを昂らせるものに変質し、ほかの相手を寄せつけなくなる。その絆は終生続き、離れていても互いを感じるとまでいわれている。

けれどベータには、ベータ同士はもちろん、ほかのバース性との間でも、そうした結びつきはない。だから単身赴任のような勤務体制は、本来はあまりベータ性向きではないのではと、英二は個人的にそう思っている。

「角田さんは、独身でいらっしゃいますよね？　誰でも個々にいろいろな事情を抱えて働いているものですし、それがどうということではありませんが、もしも勤務に支障が出るほどの問題を抱えているのであれば、今回のオメガ従業員へのハラスメントの問題とは別に、きちんと解決すべきではないかと思うんです」

英二は言って、なだめるように続けた。

「あなたはおそらく、本当はオメガを差別するような人ではないのではと、私には思えます。だって息子さんに、あんなに優しく笑えるんですから」

「……っ……」

英二の言葉に、角田の顔がまた先ほどのように紅潮する。

でも今度は目も赤くなって、やがて静かに涙を流し始めたので、綾部が目を丸くしてこちらを見る。

英二が資料を綾部に返すと、角田が震える声で言った。

「息子は、小四です……。母親は福岡にある、老舗呉服店の娘です」

子供の母親のことまで打ち明けてくれるとは思わなかったが、口ぶりからするといいところのお嬢様、というイメージだろうか。

「彼女もベータなのですが、ずっと向こうの両親に結婚を妨害されてきました。幸太ができてからも、生まれてからも。ベータなんかに娘はやれないと」

「そりゃひどいな。あんまりじゃないですか、そんなの！」

綾部が珍しく語気を強めて言う。角田がはなをすすりながら打ち明ける。

「俺は、認めてもらいたかったんだと思います。ベータでも、財閥系大企業で出世できるって。だから転勤も喜んで受け入れた。でも向こうの両親は、彼女をアルファと見合いさせる気なんです。彼女は嫌がっていますが、経済力もなく親に逆らえません。もしも無理やり見合い結婚させられたら、きっともう息子とも、会えなくなってしまうっ……」

角田が直面している問題が、ようやく見えてきた。

そういうことに悩んでいたら仕事も手につかないだろうし、夜も眠れないだろう。仕事のプレッシャーと個人的な悩みとで精神的に不安定になり、そのせいで従業員たちにひどい暴言を吐いていたのではないか。

もちろん、だからといって許されることではないが。

「角田さん、よく聞いてください。たとえ親であっても、娘さんに意に染まない結婚を強制することはできません。それは経済力のあるなしにかかわらずです。ちなみにお訊きしますが、幸太君のバース性は？」

「アルファ、です」

「そうですか。もしかしたら向こうの両親は、将来的に家業を継いでもらうために、孫を渡したくないと思っているのかもしれないですね」

英二は言って、言い含めるように続けた。

「アルファの子供は、そうしたトラブルに遭いやすいのです。だから政府に、生活の安全確保や人権保護のための特別な申請をすることができます」

「人権、保護？」

「親子関係の確認も含めてですよ。バース安全管理法では生物学的な親を子の親と定めていますし、あなたは当然申請ができる立場です。幸太君を奪われることを恐れていらっしゃるなら、そんなことはないと断言します」

「そう、なんですか……？」

半信半疑な様子だが、角田がすがるような目をして訊いてくる。

「お住まいの地域を統括するバース福祉相談局に行って、『バース安全管理法に基づく保護申請』をしたいと言えば、相談に乗ってもらえると思います」

英二は真っ直ぐに角田を見つめて告げた。

「さて、今回の件ですが、ハラスメントの事実は処分に値します。ですが、いわゆるご栄転であったとはいえ、異動によるストレスも原因の一つと考えられますので、バースカウンセラーとしてはまずは休職とメンタルケアをすすめます」

「休職……」

「それから、こちらのほうがより重要かと思いますが、元いたエリアへの配置転換を人事部に提案しておきます。おそらく降格処分になると思いますが、こちらでの暮らしを続けるよりも、そのほうがいいかと」

「元いた……、って、福岡に戻してもらえるんですかっ？」

角田の顔に安堵の色が覗く。英二はにこりと微笑んで言った。

「あなたはきちんと反省して、今後の行いを改められる人だと信じています。向こうで、早くご家族で暮らせるようになるといいですね」

「……主任て、やっぱりすごいですねえ」

工場をあとにして、報告のため本社に戻ろうと駅まで歩いていたら、綾部が感嘆したみたいにそう言った。

「んー？　そう？　特に変わった事案でもなかった気がするけど」

「いや、そうかもしれないですけど、普通気づきませんよ、ご家族の問題とか。仕事のプレッシャーだけならまだしも」

「綾部が写真のことを言ってくれたから、思い切ってカマをかけてみただけだよ。そもそも一人で行ってたらけんもほろろだったかもしれないし。角田さん、最初俺のほうが部下だと思ってたしね」

よくあることとはいえ、こう重なるとさすがに苦笑するしかない。

「俺ももう少し貫禄つけて、綾部がフォローしなくても大丈夫な感じにならないとなぁ」

冗談交じりにそう言うと、綾部が急に真面目な顔でこちらを見つめて言った。

「……すみません。ちょっと毎度、差し出がましいでしょうか？」

「そんなことないよ！　いつもきちんと訂正してもらって、ありがたいと思ってるよ？」

「なら、いいんですけど」

綾部が言って、笑みを見せる。

「俺、主任がオメガだってだけで低く見られるのが、なんだか許せなくて。仕事だってすごく丁寧にされてるの、いつも見てますし」

「そんなふうに思ってくれるのは、オメガとしてとても嬉しいことだよ。綾部が出世したらきっと会社はもっとよくなるだろうし、頑張って偉くなってよ」

「俺だけですか？　それはなんか嫌だなあ」

綾部が思案げに続ける。

「出世するなら、主任も一緒がいいですねえ」

「一緒って言ってもなぁ」

「俺は、会社はもっとあなたを高く評価すべきだと思ってるんです。あなた自身には、出世欲はないんですか？」

「出世欲……？」

改めてそう訊かれると、ちょっと考えてしまう。

いくつかの「オメガ初」を重ねてここまできたが、勝ち取ってやると強い決意を持ってそうなったわけではなかった。もちろん、バースカウンセラーとしての夢のようなものは、いつでもぼんやりとあるけれど。

「うーん、出世っていうか、みんなのためになる仕事を、もっとたくさんできるならいいなあとは思うよ。けど何しろオメガだし、人事考課はあっても先が見えてるから。課長はともかく部長は、なんていうか、伝統的な考え方の人だし？」

一応言葉を選んで言うと、綾部が即座に訊いてきた。

「じゃあ、そういう人たちの考え方が変わったら、偉くなる気あります？」

「それはまあ……、ある、かも？」

「なら、俺が偉くなって変えてみせます。だからそれまで、会社を辞めたりしないでください。約束ですよ？」

「う、うん？　わかった」

妙に確信に満ちた、それでいて自惚れなどは感じさせない真摯な目をして言われ、よくわからないままうなずく。

綾部は本当に出世しそうだから、そんなふうに言われると楽しみではある。英二としても会社にはずっと勤めるつもりだし――――。

「……ん？　あ、ちょっと、ごめん」

最寄りの駅まで着いたところで、携帯電話のバイブが震えた。

誰からだろうと見てみると、母親の和子《かずこ》からだった。仕事中に電話してくることはほぼないのに、いきなりどうしたのだろう。

「はい、英二です」

『あ、母さんです。今話しても大丈夫？』

「うん、平気だよ。どうしたの急に？」

『あのね、落ち着いて聞いてね。実は私、今から救急搬送されるの』

「ええっ？」

思いがけない連絡に、頓狂な声が出た。綾部がやや心配そうな顔でこちらを見る。

『なんか、洗濯物干してたらいきなり立っていられなくなっちゃってね。ひかり中央病院に搬送されるみたいなんだけど、英二、来られるかしら？』

「もちろん今すぐ行くよ！　あっ、けど、ここからだと電車で少しかかるかも！」

『わかったわ。聡子《さとこ》姉さんと正志《まさし》伯父さんも急いで来てくれるって言ってるから、何かわかったら連絡してもらうね。じゃあ、あとで』

和子が言って、通話を切る。

いきなりの事態でわけがわからないが、伯母夫婦が来てくれるならひとまずは安心だ。

聡子はベータだが、夫の田中《たなか》正志はアルファなので、説明を聞きに来てくれるのだろう。

病院などで説明を受けるのは普通は近しい身内で、本来は英二なのだが、昔は親族のアルファが立ち会うのが望ましいとされていたので、今でもそれが慣習のようになっている。

「主任、何かあったんですか？」

綾部が心配そうに訊いてくる。半ば動転しながらも、英二は言った。

「ちょっと、どうなってるのかはわからないけど、母が病院に搬送されるらしくて」

「えっ、一大事じゃないですか。病院はどこです？」

「家の近くの、ひかり中央病院。ここからだと、えーと……」

「ひかりタウンなら、地下鉄が早いと思いますよ。課長には俺から言っとくんで、すぐに行ってあげて。今日の報告書も仮で書いときますし」

「助かるよ。ありがとう綾部。じゃあ、行くね！」

とにかく、急いで病院に行かなくては。

英二は焦りを抑えながら、地下鉄への階段を駆け降りた。


英二の家は、都心の汐留にある会社から電車で四十分の、かろうじて都内だが少し歩くと隣県という場所にある。かつては新興団地だったひかりタウンの中ほどにあった。

ひかり中央病院は団地から車で十分ほどのところにある地域の基幹病院で、英二も子供の頃何度かお世話になった。

　会計を待つ人でごった返すロビーを抜け、救急外来に行くと、聡子が不安そうな顔で廊下のベンチに座っていた。

「聡子伯母さん！」

「ああ、英ちゃん！」

「遅くなってすみません。母さんはっ？」

「それが、入院になりそうなの。今、うちの人が先にちょっとだけ話を聞いて……、あ、戻ってきたわ」

　聡子の視線の先を見ると、仕事先から直接駆けつけてくれたのか、スーツ姿の伯父の正志が、こちらにやってくるところだった。

「お疲れ、英二君」

「正志伯父さん、母さんはどうなんです？」

「ああ、今は薬で眠ってるんだが、どうもオメガ髄液減少症じゃないかって」

「えっ……」

　思いがけない病名を告げられ、聡子がまあ、と呻くみたいな声を上げる。

　――オメガ髄液減少症。

髄液とは脳の周りや脊髄の中心管を満たす体液のことで、個々人のバース性はその型がどれに当たるかによって決まる。髄液減少症は何かの理由でその量が減ってしまう病気だ。強靭な肉体を持つアルファはほとんど発症せず、ベータも一千万人に一人発症するかしないかだが、オメガの場合人口の約五パーセントほどがかかるといわれている。

中高年の発症が多く、放っておくと運動機能に支障が出て歩行が困難になり、さらには寝たきりになってしまうことすらもある。

まさか和子が、その五パーセントに入ってしまうなんて。

「詳しいことは一緒に先生から聞こう。でもまあ初期だし、三か月ぐらい入院して投薬治療をすれば、元の生活に戻れるんじゃないかな？」

「そう、なんですか？　本当にっ？」

「だいたいはね。ただ、この病院では十分なケアができないらしくてね。都心にあるオメガ専門病院に入院することになると思うよ」

正志が言って、安心させるようにうなずく。

「僕が手続きもするし、保証人にもなるから。英二君は何も心配しないでね？」

「はい……、ありがとうございます、正志伯父さん、聡子伯母さんも」

お礼を言いながらも、不安が募る。幼い頃に両親が離婚して以来、英二はずっと和子と二人で暮らしてきたのだ。

バースカウンセラーとして、他人のことなら気の利いた気休めの一つも言えるのだろうが、いざ自分の身内がこうなってみると、とても冷静ではいられなくて……。

「……ねえ、英ちゃん。やっぱりあなた、早く結婚すべきよ」

不意に聡子が、真剣な顔で言う。

「オメガはアルファの身内がいないと入院一つだって大変なのよ？　やっぱりアルファのちゃんとした人と結婚して、できれば孫を見せてあげるのが、親孝行ってものじゃないっ？」

「こらこら聡子。そういうことを言わないの」

「だけど、このまま和子が死んじゃったらどうするのよ！」

聡子が泣きそうになりながら言う。

「だって和子、さっき私に言ったのよ？　もし病気で死ぬなら最期はうちの子供たちにもそばにいてほしい、できれば英二と、その子供もって。和子だって、英ちゃんの子供を抱っこしたいのよ！」

(母さんが、そんなことを……？)

英二の生き方に理解がある和子も、本音の部分ではそんなふうに思っている。

それを知って、心がズンと重くなる。

女手一つで苦労して育ててもらったのに、自分は何も恩を返せていない。オメガの幸せといわれていることはほとんど何も経験せず、ただ仕事に生きているだけだ。

ちゃんと婚活しているふりをしながら、本当はこのまま妊娠適齢期を過ぎてしまえば、などと思っていると知ったら、和子はどう思うだろう……？

「聡子、最期とか看取るだなんて大げさだよ。ちゃんと治療すれば死ぬような病気じゃないんだ。とにかく、みんなで支えようじゃないか」

正志が鼓舞するように言う。

力強い言葉にうなずきながらも、英二は気持ちが沈んでいくのを感じていた。


翌日、和子は都心にあるオメガ専門病院、東都病院に入院した。

完全看護なので付き添いなどは必要ないものの、入院は三か月ほどの予定なので、英二は聡子と交代で病室に通いつつ、会社にも出勤するという生活になった。

幸い病院は汐留にある本社からそれほど離れていないので、会社帰りに面会してから帰宅すること自体は、それほど負担ではなかった。

残業こそあまりできないが、仕事もほぼ普段どおりにこなせているので、入院期間と退院後の自宅での療養をサポートすることは、十分にできるとは思うのだが。

「ふう……」

長い一週間が終わる、金曜日の午後。

ちょっとした課内ミーティングを終え、少し休憩しようと自販機コーナーに来て、缶コーヒーを買ったところで、英二は深いため息をついた。

和子が入院して、ようやく十日ほど。普段と違う生活には慣れてきたし、今後のこともそれほど心配してはいないのだが、英二はこのところ、少々思い悩んでいる。

聡子に聞かされた和子の言葉が、ずっと引っかかっているのだ。

(母さん、やっぱり孫が見たいって思ってるのか)

こういうことは、正面切って訊いたところで本音を答えてはもらえない。まして和子は、英二が自分で選んだ進路をずっと応援してくれていたのだし、彼女自身が数年前までは助産師の仕事をしていたから、働き続けることにも理解を示してくれている。結婚しろだなんて、今まで一度だって言われたこともないのだ。

でも本当は、子供を産んでほしいと思っている。そして和子に孫を見せてあげられるのは、どうやっても一人息子の自分だけなのだ。

そう思うと、やはり聡子の言うとおり、タイムリミットが来る前に子供だけでも産んでおくほうがいいのではないかと、そんな気持ちになってくる。

(でも、相手は誰でもってわけにはいかないし)

外国に行けば精子バンクのような機関があるが、日本ではあまり一般的ではない。

今まで誰かと付き合ったことがなく、性的な経験も皆無な自分が、いきなり誰かとセックスができるほど親密になれるわけもないし、行きずりの関係なんてもっと想像できない。というかそもそも、発情自体まともに来ていないし、そんな状態で子供なんてできるのかという問題も――。

「主任、固まってますけど大丈夫ですか?」

「ひゃっ!」

いきなり綾部に声をかけられて、驚いておかしな声が出た。不思議そうな顔をしてこちらを見ながら、綾部が言う。

「俺も飲み物買いたいんですけど、いいですか?」

「あっ、ごめんっ」

自販機の前にぼんやり突っ立っていたことに気づいて慌てて横にのくと、綾部がスポーツドリンクを買ってきゅっと蓋を開け、ごくごくと一気に半分ぐらい飲んだ。

英二も缶コーヒーのプルタブを開けてこくりと飲んでみたが、加糖なのに苦味を強く感じて、これじゃなかったという気分になる。

知らずまたため息をつくと、綾部がさりげない口調で訊いてくる。

「主任、最近元気なくないですか。ため息もよくついてるし」

「えっ、そう？」

「お母様が入院されてるし、いろいろお疲れなんじゃないですか？　話し相手くらいにしかなれないですけど、もし今日お時間あるなら、軽くメシでも行きます？」

「綾部……」

仕事の間は普段どおりにしていたつもりだが、綾部はよく見ているようだ。

話し相手になると言ってくれるなんて嬉しいが、さすがに緊急に子作りすべきか否かと悩んでいるとは言えない。それに、今日は帰りに病院に寄って洗濯物を回収しなくてはならない。英二は首を横に振って言った。

「ごめん、すごくありがたいんだけど、今日はお見舞いに行って洗濯物を持って帰らないといけないんだ」

「え、てことは、ちょっとした大荷物ですね。入院先って東都病院でしたっけ？」

「そうだけど……？」

「ちょうどいい。あそこなら近いし、俺、車出しますよ」

「え、車を？」

それはありがたい申し出だが、わざわざ車を取りに行ってもらうのは気が引ける。

「いや、確かに会社からは近いけど、仕事終わって帰ってからじゃ悪いよ」

「ぜんぜん悪くなんてないですよ。俺の家、ここからそんなに離れてないんで。明日は休みだし、家までお送りしますから」

綾部がこともなげに言って、請け合うようにうなずく。

「仕事終わったらすぐ車を取りに行けます。気にせず乗ってやってくださいよ」

「そ、そう？　本当に、お願いしても？」

「もちろん。じゃ、そういうことで。先に席戻ってますね」

快活に言って、綾部が去っていく。正直なところ、とてもありがたい。

(とりあえず、仕事を片づけないと)

彼の厚意に甘えられるよう、自分もさっさと仕事を終わらせよう。コーヒーをごくごくと飲み干してから、英一も綾部のあとに続いた。

よくよく聞いてみたら、綾部は会社からほど近い、銀座の外れのあたりに住んでいた。定時退社後、本当にものの二十分ほどで会社まで車で来てくれた。

和子は投薬治療を始めたばかりで疲れやすいので、夜のお見舞いはなるべく家族だけ、時間もなるべく短めにしてほしいと言われているので、綾部にロビーで少し待っていてもらって病室を見舞い、洗濯物も無事回収できた。

ちょうど七時だったから、車を出してくれたお礼にどこかで夕食を奢る心づもりで綾部を食事に誘ったら、某ファミレスがいいとピンポイントで言われた。

「アンガス牛ハンバーグ目玉焼きセット、ソースは玉ねぎガーリック、ライス大盛りで。スープはコーンスープかな。あと、スパイシーチキンと大盛りポテト、サラダバーと……、ノンアルコールビール」

「俺は、スパゲティーボロネーゼとミニサラダ、あ、ノンアルコールビールをもう一つ」

幹線道路沿いのファミレスに来る道すがら、なんとなく決めておいたメニューを告げると、ウエイターが復唱して去った。英二は驚いて言った。

「綾部、中高生並みにがっつりいくね？」

「だいぶ減ったほうですけどね。燃費が悪くて困っちゃいますよ」

「ステーキとか、どのくらい食べる？」

「うーん、三百グラムぐらいだと、なんか物足りないって感じかな」

「おお、聞いてるだけで胸やけしてくる……」

アルファは体が大きい分、必要とされる栄養摂取量がベータやオメガよりも何百カロリーも多い。若いアルファはそれが顕著で、アカデミーの同期と学食に行くと、いつも信じられない量を食べていたものだ。

でも、たくさん食べる人を見ているのは好きだ。自分が小食なので、それだけで食の楽しみを何倍も味わえる気がする。

「主任て、ごきょうだいとかいらっしゃらないんでしたっけ？」

「一人っ子だよ。親が離婚してて、ずっと母と二人」

「そうなんですね。なんか、うちとちょっと似てるな」

綾部が言って、さらりと続ける。

「死んだおふくろもオメガで、いわゆる未婚の母だったんです。最近じゃ珍しくもないし、成人した今となっては意識することもないですけどね」

「そうだったんだ。……うん、でも、そうだね。大人になったらあんまり関係ないよね」

とは言っても、ときには意識してしまうこともある。ちょうど今の英二のように。

（一人っ子だからこそ、だよな）

子供が欲しいと、こんなにも思ったことはない。

それはオメガの本能ゆえの欲求なのか、母親孝行したいからなのか、あるいはただの我欲なのか、正直言ってわからないところもある。

でも、いくら子供だけ産みたいと思っているからといって、やはり相手は選びたい。

婚活で出会うアルファの中には、オメガに対する妙な思い込みがある人や差別意識の塊のような人もいる。もはや選り好みは贅沢なのかもしれないが、やっぱりそういう相手は嫌だし……。

「……主任？」

「ん？」

「ノンアル来ましたよ？　一応乾杯しません？」

「あ……、うん、そうだね！」

綾部がグラスにノンアルコールビールを注いでくれたので、英二も綾部のグラスに注ぎ、それぞれグラスを持ち上げる。

「今日も一日お仕事お疲れさま。車出してくれてありがとう」

「いえいえ。何か困ったときは遠慮なく言ってください」

軽くグラスを合わせて、ぐーっと飲み干す。綾部がはあ、と息を吐いて言う。

「やっぱり一日の終わりはこうでないと！　まあ、これノンアルだけど」

「綾部、あんまり飲みとか参加しないけど、飲むほうなの？」

「そこまででもないですけど。飲み会は正直、あまり得意じゃなくて」

「そうなんだ。なんか、前に独身主義を公言して周りをシーンとさせたことがあるって聞いたけど？」

「あー、それはですね。元々空気悪かったんですよ。たまたま一緒になった某部署の酔っぱらい集団が、この中だったら誰と結婚したい～？　とか言い出して」

綾部がうんざりした顔で言う。

「アルファって、いつでも選ぶ側だと思われてるっていうか、選ばれたいと思って近寄ってくる人は多いんですけど、実際のところそういう人たちって、こっちのことアルファだっていうスペックでしか見てないわけでしょ。俺はそういうの、なんかつまんねえなって思ってて」

「それで、独身主義宣言？　じゃあ本心からそう思ってるわけじゃないの？」

「うーん、半々て感じかな。別に結婚て形にこだわらなくても、いい関係が作れるならそれが一番じゃないですか。結婚すれば安泰だとか、それが幸せのゴールだとか、そういう幻想を信じてないってことですよ。それって目の前の相手を真っ直ぐ見てないってことでしょう？」

そう言って綾部が、思案げに続ける。

「要は、人同士のつながりを大事にしたいってことなのかな。バース性じゃなくてね。あと、結婚てすぐ役割分担みたいになるじゃないですか。俺はそういうのを押しつけ合いたくないんです。誰とでも、いつでも対等でいたいから」

（綾部って、そんなふうに考えるんだ）

学生時代も会社でも、いろいろなタイプのアルファを見てきたが、こういうことを言う人は初めてだ。

もちろん、理想論として語る人はいくらでもいるが、普段の綾部を知っているから、彼が心からそう思っているのだと感じられる。綾部はオメガどころか誰に対しても偏見なく、対等でいたいと思っていて、日々それを実践できているのだ。

当然、彼にはオメガに対する差別意識などもなくて……。

（……ちょっと待った。それって……！）

結婚にこだわらず、誰とでも対等で、偏見や差別意識からも解放されていて、子供だけでも産んでおくことを合理的ではないかと言い、選択としてあってもいいのでは、とまで言う、すでにそこそこ親しい関係のアルファ男性。

英二の想像がおよぶ範囲で最も理想的な、婚活ならぬ妊活の相手が、今まさに目の前にいることに気づいて、雷に打たれたような気持ちになる。

でも綾部は職場の同僚だ。いくらなんでもありえない。

むろん、社内恋愛や職場結婚が御法度ということはないけれど、共に労務安全管理課という部署に所属しているのだ。子供が産みたいから子作りセックスに協力してくれ、なんてどんな顔をして頼んだらいいのかわからない。

頼んでみたとして、断られたらやっぱり気まずいし——。

「お待たせしましたー。スパゲティーボロネーゼとミニサラダのお客様……」

「お、俺です、ありがとう」

ウエイターが料理を運んできたので、思考を脇へ押しやって皿を受け取る。

でも、ほかにいい相手などいるわけがない、このチャンスを逃したら取り返しがつかないかも、なんて思えてきて、どうしても考えが頭から離れなくなる。

訊いてみるだけならタダだし、話してみようか。

綾部の前に次々並べられる料理を見ていたら、そんな気になってきた。

「じゃ、いただきましょうか」

「う、うん……、いただき、ます」

とにかく、話してみよう。英二はいつにない緊張を覚えながら、ハンバーグにナイフを入れる綾部に訊いた。

「あのさ、綾部。例えばの話なんだけどさ」

「なんです？」

「その、もしもさ。もしもだよ？　誰かに、何も訊かずに妊活に協力してほしいって言われたらさ。綾部、どう思う？」

「ニン、カツ……？　って？」

「うん、あの、妊娠の、妊なんだけど……」

冷や汗をかきながら説明すると、綾部がきつねにつままれたみたいな顔でナイフとフォークを下ろした。そのまま、小首をかしげて訊いてくる。

「何言ってんですかいきなり？　妊活って主任が？　酒も入ってないのに酔ってます？」

「た、例えばの話だよ！　俺じゃなくてさ！」

慌てて誤魔化すけれど、綾部は不審そうだ。うっかりしたことを言ってしまったと、焦りでますます変な汗が出てくる。

「や、忘れて。別に本気で訊きたかったわけじゃないし」

「いえ、まあ驚きましたけど、俺ならどうするだろって考えるのは面白いんで、いいですよ。うーん、そうだな、どうするかなあ」

綾部がポテトを一つ口に放り込んで、視線を浮かせる。そうして少し考えてから、何やら意味ありげな顔でこちらを見て、もったいぶった口調で言った。

「そうですねえ、まあ、条件付きでよければオーケーするかもしれないですね」

「条件……、それは、どんな？」

「大したことじゃないです。妊活する間は、ちゃんとお互いのことを恋人だと思って過ごして、心から愛し合う恋人同士みたいなセックスをすること。それでよければ乗りますよ、その話」

「えっ、それだけっ？　本当にっ？」

例えばの話だと言ったことを忘れて、思わず身を乗り出してしまう。

「でも、子作りだよっ？」

「主任相手だったらそれだけで十分ですよ。一応どういう人か知ってるし」

ひょうひょうと答えて、逆に訊いてくる。

「ていうか、最近なんか元気ないし変だなーって思ってたら、そんなこと考えてたんですか？　伯母様にも言われてたようだし、お母様も入院しちゃったから、やっぱり親孝行したいなあ、とか？」

「う……、そ、そう、だけど」

まるっと見抜かれてしまい、少しばかりいたたまれない気分になる。

さすがにちょっと安直すぎるだろうか。

「……まあ、いいんじゃないですか、それも。ただ、あなたの場合は相手をかなり本気で恋人だと思わないと無理なんじゃないかなぁ」

「えっ、なんで？」

「だってもう三十ですよね？」

「まだ二十九！」

「あー、すいません、二十九ね。今付き合ってる人とか、好きな人は？」

「……いたらこんな話にはなってないよ」

「どのくらい前から？」

「か、かなり長く」

「てことはつまり、圧倒的にときめきと潤いが足りない状態なわけですよね？　科学的根拠とかは知らないですけど、恋愛してないと発情フェロモンの出が悪いって、よくいうでしょ？」

綾部が言って、さらに質問を続ける。

「ぶっちゃけた話、発情期って年に何回くらい来ます？」

「えっ……」

「発情しなきゃ妊娠しづらいでしょ、オメガなら」

明け透けすぎる質問にひるむが、妊活の話を持ちかけておいて今さら上品ぶってもしょうがない。声を潜めて、英二は答えた。

「年に、一回、あるか、ないか？」

「ね、そういうことです。子作りの前に、まずはときめきと潤いを取り戻さないといけないんですよ、あなたは。人としてもオメガとしても、カラッカラに干上がってる状態なんですから」

「……綾部、よかったらもうちょっと、ソフトな言い方をね……？」

だが綾部の言うことは正しい。発情もろくに来ないばかりか、そもそも誰かと付き合ったことも抱き合ったこともないというのに、いきなりそこを飛び越えて妊娠のために職場の後輩に協力を求めるとか、大胆すぎるにもほどがある。

というかこれでは、先ほど綾部が言っていた、彼をアルファというスペックでしか見ていない人たちと何も変わらないのではないか。

我が身を振り返ってヒヤリとしていると、綾部がノンアルコールビールを注ぎ足し、一口飲んでから、おもむろに言った。

「でも、正直言って悪くない話だと思います。あなたにとっても、俺にとっても」

「綾部にとって……？」

「こないだ、子供だけ産むって話してたじゃないですか。実はあのとき、俺もちょっと考えたんですよね、自分のこととして」

「……そうだったの？」

「ええ。さっき、半々って言いましたけど、結婚自体はそうでも、この世のどこかに自分の遺伝子が続いていくってことには、生物としてすごく興味があるんですよ。でも誰との子供でもいいってわけにはいかないですよね。もしも子供に何か困ったことがあったら、やっぱり助けてあげたいと思うだろうし」

綾部が言葉を切って、にこりと微笑む。

「けど、あなたなら同じ会社の人だし、そういう心配はないじゃないですか？　信用度が違うっていうか」

「そう、思う？」

「ええ。つまりこの話は、主任の希望にも俺の希望にもかなってるってことです」

そう言って綾部が、ぐっとこちらに身を乗り出す。

「素敵なご提案をいただいて、胸が躍りますよ。こちらこそ、ぜひ俺と妊活契約を結んでいただきたいです。ほかの人には絶対に渡したくないお話ですよ！」

「えっ、そ、そう？　ほんとに？」

まるで営業部の社員みたいに力強く乗ってこられて、なんだか現実感がない。

もちろん渡りに船ではあるけれど。

「で、主任、俺の条件、のんでもらえます？」

「え……、と、恋人みたいにってやつ？」

「はい」

「う、うーん、できる限り頑張るつもりは、あるけど」

「じゃあ決まり！　そういうことなら善は急げです。早速妊活してみましょうね。えーとこの辺のホテルは、と……」

「え……、えっ？」

一瞬聞き違いかと思ったが、綾部は携帯電話を取り出してホテルを検索し始めた。

ほんの今話がまとまったばかりなのに、まさかそんな――――？

「この近くで、ショートステイがオーケーの、できれば洒落たホテル……、っと。あ、ここいいな。ダブルの部屋が空いてますね。ここ、どうです？」

「どうって……、えっ？　今からっ？」

「もちろんです。恋人みたいに、って言ったでしょ？」

綾部が言って、何やら艶めいた目をしてこちらを見つめる。

「せっかくの週末ですよ？　付き合いたての恋人同士なら、もう今すぐエッチしたいって、そう思うものでしょ？」

「？　だから？」

「そ、そう、言われてもっ、その……、ほら、発情も、してないし？」

「えっ？」

「え？」

一瞬話が噛み合わず、黙って顔を見合わせる。綾部が探るみたいに訊いてくる。

「いや、だって、恋人同士だし？　別に発情してなくても、セックスはするでしょ？」

「……」

言われてみればそれもそうだ。子作りセックスだとぼんやり思っていたが、ろくに発情も来ないのだから物理的に不可能だった。

というか、ときめきと潤いを取り戻すために「恋人同士」をやるのだから、まずはメイクラブとしてのセックスが必要なのだ。

でも、恋人なら本当に付き合ってすぐに愛し合うものなのか、そうだとしてどのくらいの頻度でするものなのか、それも英二にはわからない。今までセックスなんてしたことがないのだ。

改めて考えるまでもないが、このとてつもなく軽いノリで行われようとしている逢瀬が、英二にとっての初体験になるわけで……。

「……あのー、主任。ちょっと、確認なんですけど」

頭がついていかずフリーズしていると、綾部が困った顔で言った。

「もしかしてあなた、ヴァージンなんです？」

「っ！」

「あ、やっぱり。今まで恋人とか、いなかったんですか？」

「……う……」

誤魔化しようもなく見抜かれて、もはや言葉もない。

今さらどうにもしようがないけれど、さすがに引かれただろうか。

一瞬そう思ったけれど、綾部はただうなずいただけだった。安心させるようにまた微笑んで、綾部が言う。

「なら、俺は主任の初めてをいただくんですね。これはなかなか責任重大だなあ」

「綾部……」

「でも大丈夫。何も心配いらないです。全部俺に任せて」

そう言って綾部が、携帯電話の画面を操作する。

ピン、とメールの通知音がしたのを確かめて、綾部が言う。

「はい、ちゃんと部屋、取れましたから。ちなみに一応ラブホじゃないし、夜景が綺麗みたいですよ。食べてコーヒー飲んでゆっくりしたら、行きましょうね」

まるでパーティーにでも行くみたいに、綾部が優雅な声で言う。

英二は半ば呆然としながら、料理を食べ始めた綾部を見ていた。


それから二時間ほどあとのこと。

(本当に、するのかっ？)

ホテルに着いて先にシャワーを浴び、バスローブ姿になってホテルの窓から見える東京の夜景を見下ろしているのに、英二はまだ、これから始まることに現実感を持てていない。

間接照明と大きなダブルベッド、くつろげそうなソファと洒落たローテーブルがあるこの部屋が、英二にとっては非日常空間だからか。

けれど浴室からは、綾部がシャワーを使う音が聞こえている。

アルファの体格に合わせてあると思しきベッドはとても大きく、あそこで寝たら朝までよく眠れそうだが、一人ではなく二人で寝るのだ。同衾、などという古い言葉が頭に浮かぶが、まったくイメージが湧かない。

この年まで、自分は本当に恋愛経験もなく生きてきたのだと、改めて実感する。

「あ、よかった。帰っちゃってたらどうしようと思ったけど、ちゃんと待っててくれたんですね」

浴室からひょこっと顔を出して、綾部が言う。

濡れ髪になぜだかハッとしてしまい、思わず目線をよそへ移すと、視界の隅で綾部がバスローブをまとって部屋に戻ってくるのが見えた。

浴室の湿り気が部屋に漂って、ふわりと鼻腔をくすぐってくる。

綾部がベッドに腰かけ、シーツをポンポンと軽く叩いて言う。

「まあ、そんなに緊張しないで。こっちに来て座ってくださいよ」

「あ、う、うん……」

どうしたらいいのかわからずにいたので、そう言ってもらえて助かる。

おずおずとベッドのほうへ行き、人一人分くらい空けて隣に座ると、綾部が少しおかしそうに笑って言った。

「ぜんぜん恋人同士の距離感じゃないですけど、まあいいでしょう。こっち見て、主任」

「……？　っ……！」

恐る恐る顔を向けると、綾部がゆっくりとこちらに手を伸ばして、そっと優しく頬に触れてきた。

大きくて温かい、綾部の手の感触。

自分がかすかに震えているのに、触れられたことで初めて気づいた。

探る目をして、綾部が訊いてくる。

「……少し、怖い？」

「そ、なこと、は」

「でも、震えてる。もっと、リラックスして」

綾部が気遣うみたいに言って、指の腹で頬を撫でてくる。

そうしながらこちらを見つめる目が、なんだか少し濡れたみたいになっていたから、ドキリと心拍が跳ねた。

会社でいつも顔を合わせているのに、綾部はまるで別人のように甘い表情を見せている。

正視できずにうつむくと、彼がベッドをみしりときしませて距離を詰めてきた。

そのまま両腕を広げ、英二の体を優しく抱いてくる。

「……っ」

抱き締められたわけではなく、ふわりと包まれただけなのに、体が彼の腕と胸とにすっぽりとおさまってしまったから、驚いて目を見開いた。

すっかり慣れてしまったせいか普段はさほど感じないけれど、アルファである綾部とオメガの自分との体格差を、改めてありありと感じる。

そっと英二の髪を撫でて綾部がささやく。

「主任、ちっちゃくてすごく可愛い」

「か、わ……？」

「あ、言っときますけどこれ、オメガハラスメントの意図はないですからね？　単なる睦言です」

「……む、つごとって」

「だってここでは俺たち、恋人同士ですし。二人で、いい夜にしましょうね？」

綾部が言って、英二の頭に手を添えて優しく顔を上げさせる。

(う、わ……！)

端整な顔にこれ以上ないほど間近で見つめられ、危うく悲鳴を上げかけた。

こんなに近くで誰かに艶めいた目で見つめられたのは初めてだ。それだけで頬が熱くなって、息も乱れそうになる。動揺のあまり、思わず目をつぶると。

「……ん……」

ちゅっ、と感触を確かめるみたいに口唇に口づけられ、喉奥からかすかに声が出る。

指先よりもさらに温かく、思いのほか柔らかい綾部の口唇。

キスをされたのだと感じて、口唇が震える。

もちろん初めてだが、想像していたとおりの甘美な感覚だ。

そのまま目をつぶっていたら、ちゅっ、ちゅっ、と何度も角度を変えて吸いつかれた。

強弱をつけて繰り返されるたび、そこだけがどんどん敏感になって、背筋がしびれたみたいになってくる。

たまらず、閉じた口唇の合わせ目をわずかにほころばせた。綾部がすかさず、舌先でつっとなぞってくる。

「……ふ……」

ぬらりと濡れた彼の舌は、口唇よりもずっと熱い。

結んだ口唇の形を確かめるみたいに舌をするっと横にスライドされると、受け入れるみたいに少しずつほどけ出した。

キスが深まる予感にゾクゾクする。やがて口腔に、綾部の舌がそろりと滑り込んできた。

「ん、ぅっ……」

舌同士が触れ合う感触に驚いて一瞬ビクリとしたが、上顎や舌下を優しくなぞられると、なんだか体の芯がとろりと潤むみたいな感覚がある。

口唇をそっと合わせられ、舌を軽く絡められて甘く吸いつかれただけで、頭がぼうっとしてきてしまう。

(……キスって、こんな、なんだ……)

初めて知る、口づけの甘露。

身体的に触れ合うことは、一歩間違えば互いを侵食する行為だが、キスはそれを許し、受け入れるためのスイッチみたいだ。思考がどこかへ去っていき、やがて上体がふわふわと揺れ出す。綾部が口唇を離してささやいた。

「横になりましょうか」

「ぅ、ん……」

もはや陶然となってしまい、促されるまま、ベッドに身を横たえる。

清潔なシーツに体を預けると、耳の中で血流がドクドクと音を立てているのがわかった。

甘いおののきと期待とを覚えながら、英二はおずおずと瞼を開いた。

「っ……！」

英二の体をまたいで膝をつき、こちらを見下ろす綾部の姿に、思わず息をのむ。

バスローブ越しでもわかる厚みのある上体、力強く張った肩、筋肉質な四肢。

普段のスーツ姿を見ているときはさほど意識しないのに、こうしてベッドで向き合ってみると、やはり彼もアルファなのだとまざまざと感じる。

綾部は怖い人物ではないとわかっているのに、体の大きなアルファへの無意識の恐れを感じて、胃のあたりがきゅっと締めつけられるようだ。

「あの、大丈夫ですか？」

「え」

「本格的に震えてますよ？　そんなに、怖い？」

「こわ、くは……」

否定しようとしてみるが、声がすでに震えている。手足の先が冷たく感じられ、呼吸も少し跳ねてしまう。

これではとても抱き合う雰囲気ではないし、綾部を興ざめさせてしまうのではと焦るけれど、自分ではどうにもできない。

「綾……、あのっ……」

「初めてですもんね。大丈夫。じっくりいきましょ」

綾部が軽く言って、英二の横にゴロンと寝そべる。

腰を抱かれて体を横向き加減にされ、頬を撫でられてまた啄ばむように口づけられたら、また甘い感覚がよみがえってきた。

温かく優しい触れ合いに、じきに震えもおさまってくる。

ふ、と安心したみたいに息を吐いて、綾部が訊いてくる。

「少し、怖くなってきたかな。キスなら、平気？」

「う、うん……」

「じゃ、いっぱいキスしましょ」

「ん、んっ……、ふ……」

決して急くことなく、まるで英二の心まで解きほぐそうとするかのように、綾部が何度もキスをよこす。

先ほどのキスで敏感になっているみたいで、口唇をぷるんと食まれ、舌先をちゅるり、と吸い上げられたら、瞼の裏がチカチカと光った。恐る恐る口唇を開くと、英二の舌に絡みつくみたいにしながら、綾部の熱い舌がまた口腔へと入ってきた。

「ぁ、ん……、ふ、ぅっ……」

彼の舌が、少しばかり深く差し入れられる。そうして口腔の形を探るみたいに繊細に動き回り、また英二の舌に重なって、くるりと搦めとってくる。

そうやって少しずつ英二の恐れをキスでぬぐい去りながら、頬を撫でていた手を顎のほうへ滑らせ、今度は喉や鎖骨のあたりをまさぐってくる。

「ぁ、ん」

(なんだか、体が熱い……)

綾部と触れ合っている場所はほんのわずかだ。

なのにそこから熱が広がり、背筋を伝って脳髄から腰までビリビリとしびれるような疼きが走る。腹の底のほうも妙に熱くなってきて、時折きゅっ、と収縮するのも感じられる。

こういう感覚自体久しく忘れていたが、どうやら綾部のキスで体が昂ってきたようだ。

「……っ、ふ……」

綾部の手がバスローブの合わせ目を開きながら滑り降り、しゅるりと帯をほどく。

前を開かれ、胸や腹を手のひらで撫で回されて、知らず腰が揺れた。

優しく温かい愛撫に、体の芯もじくじくと疼き始める。腹の奥に眠るオメガ子宮がヒクヒクと蠢動し、そこへと続く内腔が甘く潤んで、窄まりまで熱が広がる。

そして下肢の間にある、英二の雄の証《あかし》も……。

「ぁっ……」

勃ち上がった自身にバスローブの上から触れられ、重なった口唇が外れて声が洩れた。

欲望の形をしたそこを指先でつっとなぞって、綾部が言う。

「硬くなってますね。キスで、反応した？」

「そう、みたい」

「直接触っても、いいですか？」

「う、ん」

真っ赤になりながらうなずくと、綾部がこちらを見つめたまま、バスローブの合わせから中に手を入れて局部に触れてきた。そうして勃ち上がった幹に指を絡めて、ゆっくりと上下させ始める。

「……ぁ、う、はぁ、あっ……」

誰かにそこに触れられたのは初めてだ。

発情期があまり来なくなってから、性欲すらも薄くなっていたから、自分でだってあまり触れてはいない。だからそれをする感覚がどういうふうだったか、もはやすっかり忘れかけていたのだけれど。

（……気持ち、いいっ……）

確かで直接的な快感に、我を忘れそうになる。

自分で触れても、もちろん物理的には同じように感じるはずだが、誰かほかの人の手で触れられて得られるのは、まったく違った悦びだ。

今までほとんど性交欲を感じたことなどなかったのに、他者によって昂らされるのが嬉しいのか、体がわななきそうになる。綾部がすっと息を吸い込んで告げる。

「……ああ、いい匂いがしてきた。これが、あなたの匂いか」

「匂、い？」

「気持ちがよくなって、ほんの少し発情フェロモンが出てきたんでしょう。俺、結構鼻が利くほうなんで、わかるんですよ」

そう言って綾部が、英二の首筋のあたりに顔をうずめ、くん、と匂いを嗅ぎながら口唇を肌に押し当ててきたから、ヒヤリと冷や汗が出た。

今は発情していないし、体をつないでもいないから、たわむれに歯を立てられたとしてもなんの危険もないのだが、首を守るチョーカーをしていない状態でアルファにそこに口づけられると、やはり少し怖い。

それを察したのか、綾部が気遣うように言う。

「……あ、すみません。俺の大好きなタイプの匂いだったもので、つい」

「そういうの、あるの？」

「ありますよ。主任のは、ちょっと百合とか水仙の香りに似てるかな。たまらなく、そそられる匂いです」

「綾……、あっ、ぁあ、ふぅ、ああっ」

首に顔をうずめたまま、綾部が英二の幹に絡めた指を絞り上げ、ぐいぐいとしごき始めたから、声が止まらなくなった。

他人に触れられるとこんな声を出すのかと自分でも驚き、羞恥を覚えるが、快感はますます増していくばかりで、抑えることができない。

やがて切っ先から蜜がこぼれ始めたのか綾部の手が濡れ、動かすたびくちゅくちゅと淫らな水音が上がって、英二を耳からも煽り立ててきた。

あっという間に射精感をこらえ切れなくなってくる。

「あ、ぁっ、綾、部っ、やめて、もうっ」

「いいですよ。このまま出して」

「で、でもっ……！」

「我慢しないでいいんです。気持ちよくなって」

「あっ、あっ、待っ、ああ、アッ――」

このまま出したらあちこち汚してしまう、と一瞬躊躇したけれど、熱が爆ぜるのを押しとどめることなどできるはずもなく、ドッと白蜜を放ってしまう。

目が眩みそうなほどの恍惚に、全身がしびれ上がる。

「あ、あ……」

「……よくできました。たくさん出てきますね」

「綾、部っ」

「匂いも、ますます強くなって……。発情したらもっとすごいんですよね。俺、きっとメロメロにされちゃいますよ」

甘く蕩けるような声で綾部が言って、それから困ったみたいな顔をする。

「でも……、どうかなぁ。感度はよさそうだけど、やっぱり未開発だし、すごくたくさん気持ちよくならないと、発情には至らないかも」

「たく、さんっ？」

「そう。もっとこう、めくるめくような欲望にどこまでも身を任せて、悦びでわけがわからなくなるみたいな？　そのくらいまで感じ尽くさないと、オメガとしての本能が目覚めないんじゃないかなって。なんとなくそんな気がしますよ」

「ええっ……！　そ、そこまでっ……？」

綾部の言葉におののいてしまう。

今までの自分の人生で、そんなふうに過ごした時間は皆無だ。

肉の快楽がすっぽり抜け落ちたような日々だったから、これからそれを取り戻さなくてはいけないということか。

ショックを受けていると、綾部がなぜだかおかしそうに笑った。ベッドサイドテーブルの箱からティッシュを出し、英二が放った白濁をぬぐいながら、綾部が言う。

「そんな青い顔しなくても大丈夫ですよ。俺がちゃんと、主任の本能を目覚めさせてみせますから」

「綾部……」

「あなたは何も心配しないで。ただ俺に、身を委ねていて」

「……ん、ん……」

艶っぽい声音にドキリとしていると、綾部がまた静かに寄り添ってきて、口づけながらバスローブを脱がせてきた。

自分はもしかして大変なことをお願いしてしまったのでは、と少しだけ焦ったが、温かい手で肌を撫でられ、そっと抱き締められたら、思考はすぐに溶け去ってしまう。

触れられる気持ちよさにぴくん、ぴくんと身を震わせたら、綾部が体の位置をずらし、喉や首筋、胸にキスを落とし始めた。

「ん、ぁ、は、ぁっ……」

皮膚にされるキスは、口唇とはまた違う心地よさがあった。

温かさ、柔らかさ、優しさ。

これは恋人同士の愛の行為なのだと、綾部の口唇に直接告げられているみたいだ。思わずうっとりとなってしまう。綾部の手が背筋から双丘へと下り、狭間に滑り込んでくる。

「ぁっ」

英二の体の中の、最も秘められた場所。

当然だけれど、誰かにそこに触れられるのも初めてだ。指の腹で柔襞を優しくなぞって、綾部が言う。

「きゅっと締まってますね。でも、こうするとどうかな?」

「……っ、あ、んん……」

指でくるくると撫でられ、ビクビクと震える。そこをいじられると、腰にかすかなしびれが走った。

そこ自体が気持ちのいい場所だとは知らなかったので驚いてしまうが、オメガにとっては生殖器なのだから感じても不思議はない。指の動きに反応して襞も捲れ上がり、花が開くみたいにほころんでいくようだ。

オメガとして、それは正常な反応なのだろう。アルファの巨大な生殖器を迎え入れ、子種を得るための……。

「開いてきましたね。中に、触れますよ？」

「う、ん、ぁあ、うぅっ……」

ほんの少し開いた窄まりに硬い指を沈められ、一瞬冷や汗が出た。

異物感を覚えるためか、きゅっと締めつけてしまう。綾部が気遣うように言う。

「大丈夫ですよ、中もちゃんと潤んでるし、そんなに緊張しないで、ココの力を抜いてみて？」

「ん、ん……、こ、う？」

「そう、上手です。動かしてみますね」

なんとか後ろの力を抜くと、綾部がそろり、そろりと、長い指を抽挿し出した。

彼の言うとおり、中は愛蜜で濡れているみたいだ。そうでなければアルファの巨大な肉茎を受け入れることなどできないのだから、ひとまずは安堵する。

指がスムーズに動くのを確かめてから、綾部がさらにもう一本指を沈めてきた。

そうして内壁をなぞるようにしながら、ゆっくりと出し入れする。

「ん、ン……」

「ああ、中が少しずつ熟れてきましたよ。奥のほうまでとろっとして……、ほら、わかるでしょう？」

「あ、んぅっ」

綾部が中を指でくるりとかき混ぜるみたいにしてくる。

入り口のあたりがややひきつる感じはありつつも、かなり柔らかくなってきたみたいだ。

少しずつ異物感がなくなってきて、代わりに何かじわじわとした甘い感覚が広がってきたのを感じる。それがなんなのか気になって、知らず腰を浮かせた瞬間。

「あっ！」

「……ここ？」

「あぅっ、はあっ、待っ！」

「ここがいいんですね？　こうすると、気持ちいい？」

「やっ、ぁ、ダ、メ、そ、こっ、変に、なっちゃ……！」

内腔の前側、中ほどあたりに、信じられないくらい感じる場所がある。

綾部に指の先でくにゅくにゅといじられるだけで上ずった声が洩れ、恥ずかしく身悶えるのを止められない。

自分の体の中にそんな場所があるなんて、まさか思いもしなくて……。

「あっ、あぁっ！　なんか、変っ」

「変？　どんなふうに、変なんです？」

「中、キュウってっ、ひっ、ぁ、ああっ――――」

腹の底でいきなり喜悦がパンと弾けたと思ったら、先ほど果てたばかりの自身の先端から、とろとろと白蜜が溢れ出てきた。

そんなふうに絶頂を極めたことがなかったので、自分でも信じられない。

綾部がおお、と小さく声を発して、楽しげに言う。

「すごいな、ここだけで達っちゃったんですか？」

「う、ぅ」

「あなたはこんなに感じやすいのに、今まで誰もそれを知らなかったんですね。俺が初めてだなんて、これほど嬉しいことはないですよ」

そう言って綾部が、後ろから指を引き抜き、体を起こしてこちらを見下ろす。

放埒の余韻でぼやけた頭で見上げると、綾部がゆっくりとバスローブを脱いだ。

「ぁ……」

初めて間近で見る、アルファの男の裸身。

堂々とした体躯は想像以上に力強く、それだけで英二を圧倒する。

そして何より、彼の下腹部に欲望の形をしてそそり立つ男根。

そのあまりの雄々しさに、また戦慄しそうになるが……。

（……なんだかお腹が、疼いてる……？）

怖い、というのは英二の確かな感情なのだが、それとは別に、腹の底にじくじくとした疼きを感じて、心拍が跳ねる。

目の前のアルファの男が、欲しい。その熱杭をこの身に突き立てて、白い奔流を流し込んでほしい。

英二の体の芯から、そんな強い欲望がじわじわと湧き上がってくる。英二の中で静かにこのときを待っていたオメガの本能が、目覚めつつあるのだろうか。

潤んで熟れた内腔の奥、オメガ子宮があるあたりが、ヒクヒクと蠢動しているみたいな感覚もあって――――。

「もう、怖くはなさそうですね」

綾部がほっとしたように言って、サイドテーブルからコンドームを取り上げながら言う。

「とりあえず、発情するまではつけとこうと思うんですけど、いいですか？　それこそ、ベッドを汚しちゃったらあれなんで」

「……うん。ありがとう、綾部」

アルファの精液は、一般的にとても量が多いというから、それで気を使ってくれているのだろう。

綾部がぴちっと音を立てて彼自身にコンドームを装着したのを確認して、いよいよだとドキドキしていると、英二の体を覆うように身を重ねてきた。

そうして間近でこちらを見つめて、おもむろに言う。

「そうだ、一つ提案があるんですが」

「……？」

「一応恋人同士ってていですし、ベッドでは、名前で呼び合いませんか？」

「名、前……？」

確かに、恋人同士ならそれが普通かもしれない。

小さくうなずくと、綾部が言った。

「じゃあ……、英二？」

「つ、は、い」

「後ろ、もう大丈夫そうです。一つになっても、いいですか？」

「……う、うんっ、いいよ……、充」

名を呼ぶと、綾部がどこか艶麗な笑みを見せた。普段の綾部が見せない、アルファの男としての欲情の色を見た気がして、こちらもひどく昂ってくる。

英二の肢を開かせ、その間に腰を進めて、綾部が告げる。

「つながりますよ。力、抜いてて」

「んん……、あ、あっ……！」

硬い切っ先がぐっと後孔に押しつけられ、身構えると、そのまま柔襞を捲り上げながらぐぷっと中に入ってきた。今まで体験したことのない感覚に、一瞬我が身に起こっていることとは思えないほどの現実感のなさを覚える。

「……ぁ、あっ、は……！」

ゆっくりと腰を使って、綾部が慎重に己を中へと沈めてくるにつれ、肉筒がミシミシと音を立てそうなほどきしみ始めたから、呼吸が乱れた。

強かなボリュームと、溶かされそうなほどの熱。

綾部がほどいてくれたから、窄まりにも内部にも痛みなどはないけれど、とにかく圧入感が凄まじい。張り出した先端部に内壁を擦られただけで、突き破られそうなほどの衝撃が走る。自分が今、強大なアルファに体を侵食されているのだということをまざまざと実感して、体がじんわりと汗ばんでくる。

「つらくないですか、英二？」

「ん、んっ、平気、だけ、どっ」

「内股に力が入ってますね。ここ、もっと楽にして？」

「ひゃっ！」

両手の親指で肢の付け根をなぞられ、おかしな声が出た。

進入してくる雄を無意識に押しとどめようとしたのか、腿に力が入っていくらか閉じていたようだ。少し緩んだところを割り開かれ、揺すり上げるようにぐっと腰を進められて、声にならない悲鳴を上げる。

肉の襞を内奥まで押し広げられる感覚に怖くてビクビクと震えてしまうが、綾部の先端は、どうやらもうオメガ子宮の入り口あたりまで届いているみたいだ。いっぱいまで開かれた窄まりには、熱を持った肉塊が触れているのがわかる。

アルファ生殖器の付け根にある、大きな亀頭球。性交時に放出される大量の精液を、余さず相手の中に封じるための、アルファにしかない器官だ。

「もうほとんどあなたの中ですよ、英二。すごく深くつながってるの、わかります？」

綾部がかすかに濡れた声で言って、ほう、と吐息を洩らす。

「ああ、もうなじんできた。あなたに吸いつかれてるみたいだ」

（ほんとだ……、なんだかちょっと、感じが変わって……）

雄の熱さと大きさにおののいていたが、奥までしっかりとつながれると、それに反応したみたいに体が柔軟に受け止め始めたようだ。

オメガのアルファに対する身体的な反応の中には、いまだメカニズムが未知の部分もあるといわれているが、これこそが本能なのではないかと、そう思える。

「……動きますよ。楽にしてて」

「う、ん……、ぁ、あっ、あああ──────！」

ズクリ、ズクリと、綾部が中で動き始めると、もはや何がなんだかわからなくなった。

英二はひたすら綾部にしがみついて、その律動に身を任せていた。

◆
◆
◆

「主任、先週の調査の記録、共有フォルダーに上げといたんで、確認お願いできますか」

「あ……、わかった。すぐに見ときます」

「あと、週明けの会議の資料も午後には上げますんで、こちらもよろしくです」

「はい、了解です」

綾部との秘密の交際を始めて、ひと月ほど。

お互い今までどおり同じ職場で働きながら、週に一、二回、仕事終わりに例のホテルで逢うのを繰り返している。

もちろん誰にも知られていないと思うし、仕事もきっちりこなしているが、誰かと親密に交際すること自体が初めての英二にとっては、なんとなく落ち着かない日々だ。

綾部のほうは特にそんなこともないのか、いつものようにひょうひょうとしていて、素知らぬふりを貫いているのだが……。

「……英二？」

「……！」

いきなり名を呼ばれたから、誰かに聞かれたのではと、焦って周りを見回した。

デスクの島を三つ隔てたところに井坂が座っていて、パソコンに向かって何かのデータと格闘しているのが見えただけで、隣り合わせの綾部と自分以外、たまたまみんな席を外しているようだ。

だからといって、職場で名を呼ばれるのは正直心臓に悪い。本物の職場恋愛中のカップルは、みんなこんな感じなのだろうか。

けれど、たわむれにいちいち動揺していては仕事にならない。コホンと一つ咳をして、英二は言った。

「な、なにかな、綾部」

内心大いに慌てながらも、努めて平静を装って答えると、綾部がタカタカと軽快にキーボードを打ち込みながら言った。

「今日のネクタイ、いい色ですね。すごく似合ってます」

「そ、そう？　ありがとう」

「それ、夜もしててくださいね。ほどくの楽しみなんで」

「ちょッ」

（なんてこと、言って……！）

さらりと艶っぽいことを言われ、頬が熱くなる。ちょうど井坂が顔を上げて伸びをしたから、慌ててうつむいて顔を隠した。綾部がクスクスと笑って言う。

「……すいません、ちょっとおふざけがすぎましたね。なんか主任が可愛くてつい」

「か、かわ、いいとかっ」

「あ、これもダメか。はは、ほんと、すいませーん」

まったく反省していない口調で言われても、脱力するばかりだ。

これからずっとこんな調子では、本当に心臓に悪いのでは……。

「よし、と、できた。ちゃんと真面目にお仕事してますんで、どうか許してやってください。これ、この前報告が上がってた件の続報です」

綾部が今度は真面目な声で言って、共有フォルダーに何かのファイルを入れる。

切り替えの早さに呆れつつも、開いてみると。

「……ああ、これ、例のサウスオーシャン特区の？」

「はい。俺としては、やっぱり現地調査の必要を感じますね」

サウスオーシャン特区と呼ばれている、九州南部や沖縄から東南アジア圏を広くカバーする経済特区は、各国の財閥の強い要望で十年前ほど前に出来上がった自由貿易圏だ。

鷹城グループも進出していて、鷹城ハイテクノロジーの事業所も特区内にいくつか設置されている。

綾部のファイルはその一つ、「鷹城先端技術研究所」の、精密機器研究部門で働いていたオメガの若い社員が相次いで退職している件についてだった。

「研究所の所長は特区の中の事業所を渡り歩いてて、ここに異動になる前はベトナムにある工場の……」

「あれ、この橋本《はしもと》さんて、もしかして」

研究所の管理職リストの中に知っている名前を見つけたのでそう言うと、綾部がこちらを見た。

「橋本……？　ああ、法務部の課長さんですか。そういえば、いっときこの課にもいらしたみたいですね。一緒にお仕事されてた時期があるんですか？」

「まだ俺が入社したばかりの頃だったけどね。そっか、今、特区にいらっしゃるんだ」

橋本は、英二より十歳年上のアルファ男性だ。

紳士的で人当たりがよく、オメガで新人の英二にとても懇切丁寧に指導してくれたので、英二は彼にほのかな憧れを抱いていたのだ。

（……でも今思うと、それだけじゃ、なかったよね）

英二の気持ちは、純粋な憧れを越えて思慕の域に達していたようにも思える。そして、なんとなく向こうにも伝わっていたのではないかと感じている。

しかし、橋本はほんの一年ほどで別の部署に引き抜かれて異動になってしまったので、本当のところどうだったのかよくわからない。

もう七、八年前の話だから今さらどうということもないし、問題になっている部署とも関係はなさそうだが、もしも労務調査で現地に行くなら、話くらいはしてみたいような気もする。

「うーん、じゃあ、とりあえず課長に出張申請出してみようか？　休職ならまだしも、退職者が続いてるってなると、やっぱり気になるし」

「ですよね。申請よろしくお願いします」

「わかった。あ、でもこの件の担当、俺より綾部メインのほうがいいんじゃないかな？」

「俺ですか？」

「うん。綾部なら、そろそろ単独で案件を担当できると思うんだ。もし特区に行くことになったら同行するけど、俺は補佐ってことでどう？」

自分がすべて取り仕切ってもいいが、それでは社員は育たない。

いずれは異動してしまう幹部候補の社員だとしても、ひと通りの業務フローを自分でこなせるようになってほしいと、英二は常々そう考えている。

それを察してくれたのか、綾部がうなずく。

「わかりました。俺のほうで調査計画書を作ってみますんで、見ていただいても？」

「もちろん。ほかにも特区で何か気になる案件があったら、回しといて」

もし出張することになるなら、ほかの事業所も回るほうが効率がいい。この際、気になっている案件は全部まとめて回れるよう、課長に相談してみよう。

英二はそう思い、手持ちの案件を整理すべくフォルダーを開いた。

その日の昼すぎのこと。

午前中の会議が長引いたので、英二は綾部と、社屋の外に少し遅めの昼食を取りに行った。その帰り、二人で戻ってくると、エントランスを入ってすぐのアトリウムになんだかいつもよりも人が多くいて、雰囲気もざわざわとしていた。

ガラス張りのアトリウムは明るく清潔で、美しいオブジェと小さな噴水があり、時折何かの撮影やテレビ中継が行われたりしている。

誰か有名人でも来ているのだろうかと思いながら、エレベーターホールへと歩いていくと、そこにもいつもより人が溜まっていた。

「……なるほど、詰まってたのはここだったのか」

綾部が小声で言う。

少し背伸びをして人垣の向こうを見てみると、向かい合わせに六機あるエレベーターの扉の前に、スーツ姿の男性が二人立っていた。

そのうちの一人、細身で長身の眼鏡をかけた男性は、ベータのように見える。

そしてもう一人は、見るからにアルファだとわかる立ち姿をしている。

（あ。あの人って、もしかして……！）

遠巻きにする人の輪の向こう、静かにたたずむその男性は、素人目にもそれとわかる仕立てのいいオーダーメードのダークスーツと、丁寧に磨かれたシューズを身につけている。スタイリングされた豊かな髪と、理知的で秀麗な風貌、洗練を絵に描いたような隙のない物腰。

姿を直に見るのは初めてだったが、アルファらしい風格と威厳とを兼ね備えたその男性は、鷹城グループの若き会長、鷹城克己《かつみ》だった。

おそらく、定例社長会への出席のためにここに来たのだろう。

鷹城ハイテクノロジーはグループの中心企業であり、毎月のグループ全体の定例社長会議も、この社屋の役員専用フロアで執り行われるのが慣習なのだ。

「……鷹城会長、俺初めて生で見たよ。すごくエレガントな人なんだね」

小声で言うと、綾部が意外そうな顔をした。

「え、今まで一度も？」

「うん。……いや、ほんとすごいな。黙って立っているだけなのに、圧を感じるっていうか。目の前に立ったら、それだけで吹き飛ばされちゃいそう」

アルファ性として生まれた者の中でも、アルファが多く生まれる家の出身者は、一般的に社会的地位が高くなる傾向にあるが、鷹城グループを率いる鷹城家は、国内外を問わず別格と言っていいくらいの名家だ。

何しろバース性がこの世界に生まれた時代から続く由緒ある家系で、一族はすべてアルファ。実業家だけでなく、医療、法曹、政治の世界においても、抜きんでた才能を発揮する指導的立場の人材が多く活躍している。

鷹城会長はまだ三十代半ばくらいのはずだが、鷹城家の当主でもあるのだ。人としての格の違いすら感じて、恐れ入ってしまう。

異星人でも見るようにその姿を見ていると、綾部がぽつりと言った。

「でも、遠慮してエレベーターを見送ってたら、戻るの遅くなっちゃいますよ？」

「まあね。けど、さすがにこの雰囲気じゃ……」

「あ、真ん中のが来たみたいだ。ほら、行きましょ」

「えっ？　ちょっ……？」

綾部がいきなりこちらの腰を抱くみたいにして、人垣を縫ってさっさと歩き出したから、驚いてしまう。

ちょうどエレベーターが来て、鷹城社長と、連れの眼鏡の男性が中へと入っていくと、綾部は迷いもなくそちらに足を進めた。まさか、一緒に乗ろうとっ……？

「いや、まずいって！」

「なんでです？」

「なんでってっ、わかるだろっ？」

「アルファで偉い人だからって、別に構えることなんてないでしょ？」

そう言って綾部がふふ、と楽しげに笑う。

「近くで見たら、案外普通の人かもしれないですよ。あ、すみません、乗りまーす」

綾部が声をかけると、閉じかけた扉が開いた。

向かって左、操作パネルの前に、怪訝そうな顔の眼鏡の男性。そしてその奥、左の隅には鷹城会長。

空気が読めない若い社員への驚愕の視線が、ホールにいる社員たちからグサグサと刺さってくる。逃げ出そうにも重い扉はスッと閉じてしまった。エレベーターが、音もなく上昇し始める。

（う、そだろ……）

まさか綾部が、こんな大胆不敵なことをするなんて思わなかった。

目線を合わさないようようつむき、ぎこちない動きで扉のほうを向くと、眼鏡の男性が抑揚のない声で綾部に訊ねた。

「……何階です？」

「あ、恐れ入ります。二十九階をお願いしまーす」

はつらつとした声で答えるが、眼鏡の男性は明らかに顔がこわばっている。

身の程知らずの若造がいきなり突入してきたのだから、それも当然だ。

というかアルファの綾部はまだしも、英二はオメガだ。表立って差別する人こそ減ったが、やはりこういう場では、オメガのくせにずうずうしいと思われても不思議はない。

背中を冷たい汗で濡らしながら、せめて隅によけていようと、鷹城会長とは反対の隅に移動しようとしたのだが、綾部にさっと先を取られた。

仕方なく、壁際に移ろうとすると……。

「……きみはもしかして、ここの労務安全管理課の？」

「っ……？」

いきなりソフトな低音で声をかけられ、おかしな声が出そうになったが、どうにか気力で押しとどめる。動きがぎくしゃくするのを感じながら振り返ると、鷹城会長の秀麗な顔が英二のほうを見ていた。

グループ会社のいちオメガ社員のことなど、どうして彼が知っているのだろう。まさか自分がそんな有名人なわけがないし、グループのトップに存在が知られているなんてとても思えない。

もしかして、知らない間に何かやらかしただろうか。今この場に立っているよりもさらに不躾な何かを、いつの間にかしでかしてっ————？

（いや、まさか。落ち着け、俺！）

元々、オメガの社員で本社勤務の人間はさほど多くはない。おそらくは、フロアの階層からの推測だろう。とにかく、問いかけに答えて名乗らなければ。

英二は腹の底のほうにぐっと力を入れて言った。

「は、はい。人事部労務安全管理課、労務調査室の、木下です」

「やはりそうか。バースカウンセラーとして、とてもいい仕事をしてくれていると聞いている。こうして直接話ができて、私も嬉しいよ」

「つ、そ、そんなっ……、その、もったいない、お言葉ですっ……」

思いがけない言葉に驚かされる。

自分としてはまだまだ至らないところだらけだと思うし、もっと上手く問題を解決できたかもしれないと感じることも多いのだが、グループの会長がそう言うのなら、どこかに自分を評価してくれている人がいるのだろう。

頬が紅潮するのを感じながら、その整った顔を見つめると、鷹城会長がさらに言った。

「鷹城グループでは、オメガ人材の積極登用を目指している。きみのような優秀な社員の存在は実に心強い。ぜひ、後進にとってのよきロールモデルとなってもらいたいものだ」

(会長さん、そんなふうに、思って……？)

オメガとして初めて、専門職で正社員として採用されたときから、ずっと真面目に仕事と向き合ってきた。大変なときもあったが、自分がオメガであるせいでできなかったとか失敗したとか、そんなふうに考えるのだけはやめようと、そう思って頑張ってきた。

鷹城会長の言葉で今までの全部が報われたみたいな気がして、嬉しさで胸がいっぱいになる。

ロールモデルに、とまで言ってもらえるなんて恐縮してしまいそうだけれど、後輩指導に関しては自分なりにできる限りのことをやってきたつもりだ。鷹城グループの長が直々にそう言ってくれるなら、もっともっと頑張りたいと思えてくる。

「木下主任は、とても能力のある優秀なオメガ社員ですよ。後輩として、俺もとても尊敬しています」

鷹城会長の嬉しい言葉に一瞬ぽーっとなっていたら、不意に綾部が横から口を挟んできた。鷹城会長の顔を真っ直ぐに見据えて、綾部がさらに言う。

「よきロールモデルに、ってお話も、素晴らしいことだとは思いますがね。でも会長が自らそう仰るのなら、それなりの待遇をお示しになるべきでは？」

「なつ、ちょ、綾部っ！」

会長にそんなふうに生意気な態度で意見するなんて、いったい何を考えているのか。

その大胆さに驚いてか、眼鏡の男性も目を見開いてこちらを振り返った。

ここは何か言って取り繕うべきなのか、それとももっ……？

「……ああ、そうだな。それは至極もっともな意見だ。グループ各社の登用の取り組みに関しては、個別に改革すべきところがたくさんあると私も思っているよ」

涼しげな表情で、鷹城会長が言葉を返す。

それに対し、綾部が応じるように何か言いかけたが、ちょうどエレベーターが減速し、静かに止まった。

二十三階。役員専用フロアだ。

「ちょうどいい。オメガ社員の人事考課における課題についても、今日の定例会で議題の一つとして取り上げるとしようかな。ともかくも、きみたちと話せてよかった。ではまた、どこかで」

スマートにそう言って、鷹城会長が開いた扉からフロアへと出ていく。

眼鏡の男性もあとに続くと、扉がまた音もなく閉まった。

知らず緊張していたのか、ふらふらと壁に寄りかかってしまう。

「う、そだろ……、こんなことって、あるの……？」

恐れ多い。あまりにも恐れ多すぎる。

今さらのようにたらたらと冷や汗をかいている英二に、綾部が満面の笑みで言う。

「ね？　案外、普通の人だったでしょ？」

「……悪い、綾部。今ちょっと頭が混乱してるから、そっとしておいてもらってもいいかな……？」

「あ、はーい」

なぜだかクスクスと笑って、綾部が返事をする。

いたずらが成功して喜んでいるみたいな綾部の横顔を、英二はただ呆然と見ていた。


その夜のこと。

「……ん、ン……、ん……」

いつものホテルの、大きなベッドの上。

今日は少しばかり残業が長引き、普段よりも時間が遅くなってしまったが、英二は「恋人」の綾部とバスローブ姿で抱き合い、キスを交わしている。

行為にはだいぶ慣れてきて、おずおずとだがキスにも応えられるようになってきた。アルファの体への恐れもなくなってきたし、行為の間もずっとリラックスできている。

でも、今日はどうしてか、少々意識が散漫になっている気がする。

綾部のキスはいつでも心地よくて、それだけで体がとろとろと蕩けてくるほどなのに。

「……あの、主任?」

「……ん?」

「今日はちょっと、お疲れなのかな? それとも、何か気になることでも?」

「え」

心配そうな顔で訊ねられ、ドキリとした。

身が入っていないのが、綾部にも伝わってしまったみたいだ。英二は慌てて言った。

「ご、ごめん、体とかは大丈夫だよ。キスもすごく気持ちいいし。でもなんか、ちょっと集中できてないっていうか……?」

「それは、どうしてでしょうね?」

「うーん、なんでかな」

思い当たることは特にない。でもいつもと違う何かが起こっているのだから、そこには理由があるはずだ。体調でないのなら、気持ち的に何かにとらわれているとか。

「……もしかしてですけど、昼間の件のせいじゃ、ないですよね？」

「昼間……？」

「ほら、偶然おしゃべりしたでしょ、全身生殖器みたいなギラッギラしたアルファ男と」

「……綾部、言い方……」

下劣極まる言葉のチョイスにクラクラしてしまうが、言いたいことはわからないでもない。確かに鷹城会長はアルファ・オブ・アルファといった貫禄があったし、あの場で彼を眺めていた人垣の中には、いわゆる性的な目で見ていた人もいくらかはいたかもしれない。皆が皆強いアルファに惹かれるわけではないが、知らずそうなってしまうのも、バース性の特徴ではある。

とはいえ、英二自身は特にそんな感じは受けなかった。

気になったのはむしろ、綾部の大胆さのほうだ。

「うーん、まあ、多少はそのせいもあるかもしれないけど……」

「え、嘘っ！　それかなりショックなんですけど！　俺、アルファとしてあの人に負けちゃった……？」

「いや、そうじゃなくて！　綾部が心配になったってこと！」

「俺？」

キョトンとした顔で、綾部がこちらを見つめる。自分の振る舞いが周りからどう見えていたか、自覚がないのだろうか。英二はやや呆れて言った。

「だって、あれだけの人が遠慮して遠巻きに見てたんだよ？　あの状況で乗り込んでいけるハートの強さはすごいなって思うけど、あんなふうに会長さんに意見までするとか」

「まっとうな提言をしただけじゃないですか」

「それはそうかもしれないけど、連れの眼鏡の人の唖然とした顔、見なかった？」

「えー、と、見たような見ないような？」

「とにかく！　出る杭は打たれる世の中なんだから。俺はともかく、綾部だって余計なことを言ったせいで上に目をつけられたりしたら、困るでしょ？」

こういうことを言うのは、なんだかとても情けない気分だが、それが会社組織というものだ。たとえ綾部がアルファだからといって、そういう暗黙の了解から逃れられるわけでもないし、ああいう態度はむしろ悪目立ちしてしまう。

そのあたり、もう少し察してほしいと思うのだが。

「うーん、でも、鷹城会長ってあんまりそういうタイプじゃないと思いますよ？　少なくとも、下からの提言は素直に受け入れる人なんじゃないですかね？」

綾部が言って、小首をかしげる。

「逆に主任はちょっと、ビクビクしすぎだと思いますけど。ちゃんと評価されてるんだから、もっと積極的になっていいんじゃないですか？」

「でもさー……」

「そもそも、目をつけられるならそれでもいいじゃないですか。あなた一人じゃなく、俺も一緒ににらまれるなら、別に怖くなんかないでしょ？」

そう言って綾部が、真っ直ぐにこちらを見つめる。

「何かあったら俺があなたを守ります。そういうつもりで、俺は話をしてたんで」

「綾部……」

真面目な口調で言われて、なぜだか一瞬ドキリとした。

一応職場では自分が先輩だし、幹部候補のアルファとはいえ綾部はまだ若い。

そういうことを言うなんて十年早いと言ってやってもよかったけれど。

（……あなたを守る、か……）

仕事でもプライベートでも、誰かにそんなふうに言われたのは初めてだ。

英二の味方だと言ってくれる人はいたが、最後は自分が頼りだと、基本的にはそう考えて今までやってきた。

でも綾部は、本当に英二のためを思って会長にああ言ってくれたのだ。一緒に働く英二が、安心して仕事を続けられるように。

それがわかってみると、働く上でこれほど心強いこともない。さらっとああいう行動ができる綾部は、心から信頼できる人だと、改めて気づかされる。

自分は彼の同僚で、さらに恋人同士のていで妊活をするために抱き合う、ちょっと変わった関係だけれど、もしも自分が彼の本物の恋人であるなら、さぞかし――。

「……納得してもらえたなら、続きをしてもいいですか？」

「え、と……」

「俺のこと心配してくれたの、実はちょっと嬉しいです。お礼にすごく気持ちよくしてあげますからね、英二」

「綾……、ん、ふ……」

綾部の言葉になんだか少しときめいていたら、名を呼ばれてキスをされた。

口唇を啄ばまれ、舌を絡めて優しく吸われて、一瞬で頭の芯が溶けそうになる。

キス一つで瞬時に甘い雰囲気に持っていく綾部に、英二はいつも流れるように蕩かされる。彼の口唇や舌を味わうだけで背筋や腰にビンビンとしびれが走って、体がじくじくと潤み始めるのがわかった。

この年までこういうことを何も知らずにきたのに、短い間になんだかとても淫らになってしまったような気がして、やはりほんの少し恥ずかしい気持ちもある。

(でも綾部にだったら、それを見られても、いい)

英二がどんなに乱れても声を上げても、綾部は全部受け止めてくれる。

最初のときから、ずっとそうだったのだが、「守る」なんて言葉を真摯に口にしてくれる男だからこそ、こちらも安心して身を委ねられるのだ。

それこそ、恋人同士のように。

「……ぁ、んっ」

バスローブの前を広げられ、むき出しの乳首を舌でねろりと舐められて、濡れた吐息がこぼれた。綾部がふふ、と笑って言う。

「ここ、敏感ですね。キュウッて硬くなって、まるで花の蕾みたいだ」

「……ふ、ぁっ、んんっ、ぅ……!」

ツンと勃ち上がった乳首を舌でもてあそぶみたいに転がされて、たまらず見悶える。

もう片方の突起も指の腹でくにゅくにゅ揉みしだかれたら、はしたなく腰まで振れてしまった。

（すごく、いい……）

そこが感じるところだなんて、綾部とこういうことになるまで知らなかった。耳朶とか指の股とか、あるいは足指だとか、彼に見つけ出された感じる場所はほかにもいくつもある。もしも発見されなければ、何も知ることなくずっと眠ったままだったかもしれない。

でも、英二の体はもうすっかり目覚め、記憶してしまっている。

手で口で、猛るアルファの生殖器で、この身を愛される快感。そして頂へと押し上げられる瞬間の、たとえようもない悦びを。

（綾部と本当に恋人同士になったら、ずっとこんなふうに、愛されるのかな）

本物の恋人同士だと思って愛し合う、という条件を出したのは綾部だ。だから今この瞬間も、彼はそう思って触れてくれているのだろう。

本物の恋人同士がどんなふうに愛し合うのか、英二は経験したことがないから知らないが、きっと綾部は、甘く優しく愛してくれるはずだ。

それを想像すると、なんだかとてもドキドキしてくる。

本物だろうがそうでなかろうが、体は正直だ。綾部に体を触られただけで、英二の秘められた場所が、じんわりと濡れそぼってくるようにすら感じて……。

「……あれ、英二のここ、もうヒクヒクしてますよ？」

英二のあわいに指を滑らせて、綾部が言う。

「少しほころんで、甘く潤んでて。いつもより柔らかくなってるみたいだ」

「ん、ぁっ、み、つるっ……」

ぬるりと指を沈められ、中をくるりとかき混ぜられて、震えながら綾部にしがみついた。

綾部の言うとおり、英二の後ろはもうしっとりと濡れていて、熟れ始めているようだ。

立て続けにもう一本挿入されても柔らかく受け止めて、内襞が物欲しげに吸いついていくのを感じる。

でも、欲しいのは指ではなかった。もっと大きくて硬いものを与えてほしくて、恥ずかしく腰が揺れる。自分がいつになく欲情しているのがわかって、喘ぎそうになる。

「英二、すごく色っぽい顔してる」

英二の後孔をほどきながら、綾部がかすかに劣情のにじむ声で言う。

「俺が触るだけで目が潤んで、肌も綺麗な薄紅色になって……。本当に素敵だ。ずっと見ていたくなる」

「充っ……」

見ているだけじゃなくて、触れて、なぞって、つながって、愛してほしい——。

そんなふうに、自分の欲望をはっきりと感じたのは初めてだ。

でも口に出して告げるのには、まだちょっとためらいがある。

焦れそうな気持ちを抑えながら綾部を見つめていると、やがて頃合いとみたのか、彼が後ろから指を引き抜き、体を起こしてバスローブを脱いだ。

そうしてサイドテーブルからコンドームを取り、自身に丁寧にはめてから、また身を重ねてくる。肢を割り開かれたから、彼をスムーズに受け入れようと腰を上向けると、綾部が英二の後ろに己の切っ先を押し当てて言った。

「挿《い》れますよ、英二」

「んっ……、は、ぁあ……」

クプッとかすかに濡れた音を立てて、綾部が中に入ってくる。

綾部の筋肉質な肉体の重みと力強い心拍とが迫ってくるこの瞬間は、まだ少し緊張する。けれど、欲しかったボリュームと熱とに肉筒を押し広げられていく感覚には、まるで温かい湯に浸っていくみたいな心地よさがあって、知らず笑みすら浮かびそうになる。

圧倒的な肉体を持った強大なアルファに、ずっと恐れを抱いていたけれど、綾部の体は怖くない。彼になら安心して自分を委ねられると、もうわかっているから。

「ああ、すごい。英二の中、トロトロしてる……!」

綾部が言って、こらえ切れずといったふうに腰を使い始める。

英二がそうであるように、今日の綾部も、心なしか普段よりも欲情しているみたいだ。気のせいかもしれないが、結び合う彼の男根が、なんだかいつもよりも張り詰めているように感じる。

ほんの少し眉根を寄せた表情も何やら悩ましくて、思わず首に腕を回して抱きつくと、綾部がかすかに息を弾ませて、ぐっと抽挿を深めてきた。

「ん、あ！　ぁあっ、あっ……！」

ズン、ズンと奥深くまでひと息に刀身を突き入れられ、そのたびにオメガ子宮を揺らされているみたいで、ゾクゾクしてくる。

感じる場所をなぞられ、最奥にある敏感な場所をカリ首で擦られたら、徐々に嬌声が止まらなくなった。もっと欲しくて腰を浮かせると、綾部が英二の双丘を両手で抱え、ぐっと押さえ込んできた。

狭くなった内腔を肉杭で余すところなく擦り立てられ、声が大きく裏返る。

「ひ、ぁっ！　充っ、すご、いっ」

「こうされるのがいい？　それとも、こっち？」

「あぁ、あああっ！」

手前と奥と、切っ先でいい場所を順に抉られ、そのたびに背筋から脳髄まで、鮮烈な快感が駆け上げる。

大きく勃ち上がった英二自身もビンと跳ね、スリットからは透明な蜜がとろとろと溢れ出てきた。綾部がウッとうなって、声を揺らして告げてくる。

「ああ、今日の英二、なんだかすごいなっ。俺に甘くしがみついて、もっと欲しいってねだってくるみたいだっ」

「み、つるっ」

「あっ、ほらまたっ！　そんな締めつけられたら、俺っ……！」

苦しげに目を細めて、綾部が抽挿のピッチを上げる。

英二の中を行き来する綾部は大きく、もう今にも爆ぜてしまいそうだ。昂りが止まらないのか、形のいい額には汗が浮かんでいる。

こんな綾部は初めてだけれど、余裕のない様子がなぜだか嬉しくて、動きに合わせて懸命に腰を揺すった。二人で互いに感じる場所を押し当て、息を乱して悦びを求め合うと、あっけないほどすぐに限界がやってきた。

英二は回らぬ舌で綾部に告げた。

「みつ、るっ！　も、ぃ、ちゃいっ、そぅっ」

「達って、英二っ、俺も、一緒にっ……！」

「はぅうっ、ぃ、くっ、ぁあ、あ――」

綾部の首にしがみつき、腰を跳ねさせた瞬間。

視界が真っ白になるほどの快感が、英二の全身を駆け抜けた。綾部もかすかにうなって英二の最奥で動きを止める。

「く、ぅっ……！」

「……あ、あっ！　充のが、中で、弾んでっ……！」

亀頭球まではめ込まれた綾部の雄が、腹の中でビンビンと跳ねている。

コンドーム越しでも、彼の白濁の熱さや吐き出された量の多さが伝わってきて、それだけでまた軽く極めてしまいそうだ。

これを腹に直接注がれる感触は、どんななのだろう。発情した体でほとばしりを受け止め、オメガ子宮に命が宿る感覚は、いったいどんなふうに感じられるものなのか。

いまだ発情の気配がなく、まだしばらくは体験できないであろうことが、なんだか少し歯がゆい。ベッドなんて汚してもいいから、せめてそれを体に流し込んでほしいと、そんな切ない気持ちにもなってくるけれど……。

「……すいません、なんかあっけなく終わっちゃった感じですね。ちょっと煽られちゃったな、今日は」

英二から身を離し、放出したものの始末をしながら、綾部が言う。

「なんだか反応がすごく可愛かったから。匂いも、少しずつ強くなってきてるし」

抱き合うたびに匂いのことは言われているが、自分ではまったくわからない。綾部が思案げな顔をして続ける。

「まあそれもこれも、オメガとしての生殖本能がちゃんと目覚めてきてるから、ってことなんだろうけど……、なんていうかちょっと、俺もヤバいな」

「……？」

「いやもちろん、俺も健康なアルファなんでね、当然っちゃ当然なんですけど。ここまでなっちゃうと、どうもね」

そう言って綾部が、何やら困った顔でこちらを窺う。

綾部にしては歯切れの悪い言い方が気になって、身を起こして見返すと。

「あっ……」

綾部の下腹部に目を向けたところで、思わず声が出た。

たった今達き果てて、溢れそうなほど大量の蜜液を放出したばかりなのに、綾部のそれはまだ鋭く屹立している。もしや、一度くらいでは足りないとか……？

「あ、気にしないでいいですよ。こっちでなんとかしときますんで」

「綾部……、けど」

「今日は時間も遅いですし、明日も会社だし。どうぞ、先に浴室使ってください」

綾部が言って、こちらに背を向けてバスローブをはおる。

ちょっと遅い時間なのは、確かだけれど。

(……俺も綾部と、もっと触れ合いたい)

そんなふうに背を向けたりしないで、こちらを向いて顔を見せてほしい。キスをして体に優しく触れ、その硬い屹立で、もう一度啼かせてほしい。

腹の底から募ってくる情欲の強さに、自分でも少し戸惑う。

でも、この欲望は確かに英二が感じている欲望だ。オメガの体が、綾部を欲しているのだろうか。英二はごくりと唾を飲んで、綾部の広い背中に告げた。

「……しても、いい、よ？」

英二のおずおずとした声に、綾部がゆっくりとこちらを振り返る。

少し驚いたような顔だ。けれどその顔を見たら、ますます欲情が高まった。綾部を上目に見つめながら、英二は続けた。

「綾部がそうしたいなら、もう一回しても、いい。ていうか、して、ほしい……」

「……主任……、本当に？」

「こ、恋人なら、そういうときも、あるんじゃないっ？　俺には、わからないけどっ」

ドキドキと心拍が速まるのを感じながら、口に出してそう告げる。

自分から求めるなんて初めてだから、もうそれだけで頭がかあっと熱くなる。視線を合わせているのが恥ずかしくて、思わずうつむくと、綾部がふふ、と小さく笑った。

「……そうですね。確かに恋人なら、そういう日もありますね。ちょうどゴムももう一つあるし、もっと愛し合いましょうか？」

綾部がそう言って、ベッドをみしりときしませながらサイドテーブルに手を伸ばす。

愛し合う、なんて言われると、なんだか腹の底が熱くなる。

コンドームも、むしろつけないでしてくれてもいいくらいの気分なのだが、さすがにそこまでは言えない。期待と気恥ずかしさとでじりじりしながら待っていると、やがて綾部が、こちらに手を差し伸べた。

「こっちに来て、英二」

顔を上げると、綾部はシーツの上に安座していた。

そそり立つ雄の存在感にクラクラしながら身を近づけると、腰を抱かれて引き寄せられた。向き合ったまま腰の上をまたがらされ、後孔に刀身の先を押し当てられたから、英二はそのまま、ゆっくりと腰を落とした。

「ぁ……、あ……っ」

こういう体位で、自ら欲望をのみ込んでいくのは初めてだけれど、熱杭がグプグプと体内におさまっていく感覚がたまらなく淫靡で、めまいすら覚える。

自重で落ちていく分、結合が深いせいなのだろうか、どうかすると挿入の摩擦だけで達してしまいそうだ。どうにかこらえながら、亀頭球が窄まりに当たるくらいまで咥え込むと、その充溢感にため息が出た。

（なんだか、いつもとちょっと、違う……）

綾部とつながっていることが、なぜだかひどく嬉しい。

どうしてだか、そんな気持ちを強く感じる。腹の中いっぱいに彼を感じるだけで、心深くまで満たされるみたいな感覚までがあって……。

「ああ、すごい。まるで英二に包まれてるみたいだ。どうしてだろう、いつにも増して、しっくりくる感じがしますよ」

綾部が言って、英二の腰に手を添え、秘密を打ち明けるように続ける。

「実を言うと俺、もっとたくさん、あなたが欲しかったんです。でも、体に負担かけちゃったら悪いしって、そう思ってて」

「そう、だったの？」

「はい。だからこんなふうに何度も求め合えるの、すごく嬉しいんです」

そう言って綾部が、英二の耳朶に口づけてささやく。

「恋人と愛し合うのって、やっぱりいいですよね。こうしてるだけで、どこまでも深く結ばれてくみたいな気がする」

「充……」

「明日、休みだったらいいのに。そうしたら時間なんて気にせず愛し合えるのにな」

甘い言葉に、胸が高鳴る。

言うまでもないが、二人は本物の恋人ではない。でも綾部と英二とは、今同じような感覚を抱いている。まるで結んだ体同士が求め合っているみたいだ。

こんな感覚があるのだと、初めて知った。

「動きますよ。もう一度、気持ちよくなりましょ」

「み、つる……、ぁ、は、あ……」

先ほどよりもスローな動きで抽挿されて、吐息が洩れる。

英二は何やら恍惚となりながら、悦びの流れに身を任せた。

それからまたしばらく経った、ある日のこと。

本社ビルの一階で、英二はエレベーターを待っていた。

アトリウムの大時計の針は、もうすぐ十二時を差そうとしている。

英二は朝の静かなオフィスが好きなので、いつも八時には出社しているのだが、今日は久しぶりに午前休暇を使ったのだ。

（うう……、腰が痛い）

甘苦しく痛む腰をとんとんと手で叩きながら、小さくため息をつく。

昨日は月曜日だったが、たまたま綾部と近場の事業所に調査に行って、そのまま直帰することになった。それで和子の見舞いに行ったあと、また二人でいつものホテルに行ったのだ。

ショートステイだし、あまり遅くならないようにしようと言い合っていたのに、ついついベッドで盛り上がってしまい、英二は結局最終電車で家に帰った。

朝になって腰痛がすることに気づいたのだが、さすがにそれを理由に休むわけにもいかない。せめて少しでも休もうと、半日休暇を取ったのだが、どうやら気休め程度にしかならなかったようだ。

抱き合っている間は夢中で気づかなかったが、やはりアルファの綾部とは体力差があるのだろう。次はもう少し、セーブして……。

「……おや、木下君じゃないか」

エレベーターが来たので乗ろうとしたら、中から降りてきた人物に声をかけられた。

聞き覚えのあるソフトな男声に、ハッと顔を上げると。

「橋本さんっ！」

「ああ。やっぱりきみか。久しぶりだねえ」

橋本が言って、笑みを浮かべる。

アルファらしい長身と、鷹揚で余裕のある物腰。撫でつけた黒髪に少し白いものが交じり始めているが、まだ新人の英二に課の先輩として指導してくれていた頃と、あまり雰囲気は変わっていない。サウスオーシャン特区にある先進技術研究所に所属しているはずだから、出張で来ているのだろうか。

先日の綾部の提言に従って、来週研究所を含む特区の事業所の現地調査に赴くことが決まりそうだったから、ここで橋本と出会うのはなんだか奇遇な感じがする。

「本当にお久しぶりです。あの、今、特区にいらっしゃるんですよね？」

「ああ、実はそうなんだよ。今日は本社で法務部門の会議があって、はるばる出張してきたのさ。よく知っているね？」

「たまたまお名前をお見かけする機会がありまして。あともしかしたら、特区には近々出張で行くことになるかもしれないので」

「……特区に？」

橋本が少し驚いたような顔をする。

「そうか。そのときには、ぜひ声をかけてくれ。街を案内するよ」

「本当ですか！」

「ああ。今日もせっかくだし、よければ一緒にランチでもと誘いたかったんだが、あいにく午後の飛行機で帰る予定でね」

そう言って橋本が、感慨深げに続ける。

「いやあ、それにしても、きみはすっかり中堅社員の貫禄だね。見違えたよ」

「いえ、そんな！　まだまだです」

「謙遜なんてしなくていい。入社したときから、きみには能力があると思っていた。今やオメガ社員の星と言ってもいい存在だ。きみの頑張りには敬意を表するよ」

「橋本さんにそう言ってもらえるなんて、嬉しいです。ありがとうございます」

オメガ社員の星、などと言われると面はゆいが、橋本に言われるのは素直に嬉しい。

何しろ憧れの先輩だったし、出張の折にゆっくり話したりできるなら楽しみだ。

そう思っていると、橋本が不意に声を潜めて言った。

「木下君、実はあの頃、僕はきみと、もっと話をしたいと思っていたんだ」

「え……」

「できれば酒でも飲みながら、たくさん話したいな。特区で会えるのを、楽しみにしているね？」

それじゃあまた、と橋本が去っていく。その背中を、英二はほんの少し頬を熱くしながら、新人の頃のような気持ちで見つめていた。


「おはようございます、主任。お体のほう、大丈夫です？」

橋本を見送ってオフィスに着き、パソコンを起動してメールの確認をしようとしたら、席にいなかった綾部が戻って、小声で声をかけてきた。

一階にあるコーヒーショップのテイクアウトの容器を片方の手に持ち、もう片方の手にはコンビニの惣菜パンが入った袋を下げている。昼ご飯を買いに行っていたようだ。

「……おはよ、綾部。もう大丈夫だよ。昨日はちょっと、はしゃぎすぎたかも」

昨日のホテルでの行為を思い出して、少々恥ずかしくなったから、モニターに目を向けて短く返事をする。

こちらはだいぶ腰にきていたが、綾部はなんともなさそうだ。やはり体力の差が出ているのだろう。あまり勢いに任せて行為にのめり込まないようにしないと……。

「あの、主任。昼休みの間に、ちょっといいですか」

「ん？　何？」

「ここじゃアレなんで、よければミーティングルームで」

「……？」

まだ昼の休憩時間中であまり人もいないのに、二人きりで話したいこととはなんだろう。気になったので、軽くうなずいて立ち上がり、綾部についてフロアの奥にあるミーティングルームが並ぶ一角へと歩いていく。

一番奥の部屋に入ると、綾部が英二の顔をまじまじと見て言った。

「……うーん、やっぱりちょっとけしからん感じだな」

「はぁ？」

「いやほんと、よろしくないですよ、木下主任！」

真顔の綾部が何を言っているのか、完全に理解不能だ。

何かの冗談なのか、それとも……？

「主任、さっき下で話してた人、例の先端技術研の橋本課長ですよね？」

「え、見てたの？」

「ちょうど下でコーヒー買ってたとこだったんで。あの人と何を話していたんです？」

探るみたいな質問に、なんだか少し構えてしまう。

いつもの綾部の親しみやすい話し方ではなく、まるで労務調査に行った先で従業員に質問するときみたいな口調だ。

別に何も後ろめたいことはないけれど、英二はなんとなく気おされながら答えた。

「何って、大したことは。また酒でも飲んでゆっくり話したいとか、そんな感じで」

「それだけ？」

「うん……、って、な、なに？」

綾部がこちらに一歩近づいて、ものすごく近距離で顔を見つめてきたから、焦ってしまう。いったい何が気になっているのだろう。

わけがわからないまま半ば固まりかけていると、綾部がぼそりと言った。

「木下主任、あなたはあの人のことが、ちょっと好きだったんじゃないですか？」

「えっ！」

「あー、やっぱりそうなんだ。わかりやすいな、あなたは」

「ちょ、待ってっ？　好きっていうか、憧れてただけで！」

「憧れねえ。そりゃまあ新人から見たらすごく年上の頼もしい先輩だっただろうし？　紳士的で穏やかで優しくて？　すぐに他所の部署に引き抜かれるほど仕事もできる人だしで？　まあ端的に言ってカッコいいなあ、は・あ・と、的な？」

「う……、は・あ・と、は余計だけど、まあ……、でも、なんでそこまでわかるわけ？」

「そりゃわかりますよ！　あなたがあんな表情してるの、俺初めて見ましたもん。もしかして向こうもそれなんとなくわかってて、ちょっといいムードになりかけたこととかも、あったんじゃないです？」

「そ……！　んなこと、は……」

正直に言えば、なかったとは言えない。

これもある意味バース性のさがというか、そういうものだと学んでいても、オメガ性ゆえにアルファ性になんとなく惹きつけられてしまう、というのはよくあることなのだ。

こちらもアカデミーを出たばかりで若かったし、多少感情が洩れ出していたところはあったと思う。向こうは十分大人だったので、流してくれたのだろう。

英二が橋本と話しているのを見ただけでそこまで想像できるなんて、綾部にはバースカウンセラーの才能があるんじゃないだろうか。

「べ、別に、今はなんでもないよ。俺も若かったし、そういう頃ってあるだろ？」

「それはもちろんそうでしょうけど。ていうか、昔のことは別にいいんですよ。問題はそういうことじゃなくてですね！」

綾部が言って、英二の耳に顔を近づけて続けた。

「率直に言って今日の木下主任、ちょっと顔がエロすぎなんです」

「なっ？」

「いい匂いもしてるし、順調に発情フェロモンが出てきたってことなんでしょうけど、このままじゃ知らない間に周りのアルファを誘惑しちゃうかもしれない。俺はそれが心配なんですよ！」

「そんな、なのか、俺っ？」

発情期が年一を切るペースにまで低下してこの方、自分がアルファを誘惑しかねない存在だということなど、すっかり忘れて暮らしていた。

まさかそんなふうになっていたなんて思いもしなかったから、焦りで顔が熱くなる。

自分では匂いなんてわからないのだが、思わずクンクンと自分を嗅いでいると、綾部が困ったように言った。

「まあでも、それもこれも半分は俺のせいですよね。昨日もあんなに乱れさせちゃって、午前休まで取らせたわけですから。さすがにちょっと反省してますよ。だから……」

綾部が言葉を切って、ぐっと身を寄せてくる。

「俺が責任持って発散させてあげますね？」

「？　はっさ、ンンっ？」

片方の腕で腰を抱き寄せられ、もう片方の手で後頭部を引き寄せられて、いきなり口づけられたから、思わず目を見開いた。

会社でこんなことをしてくるなんて信じられない。慌ててもがいて逃れようとしたが、綾部の体はびくともしない。頭に添えた手で顔を上向かされ、かすかに開いた口唇に、熱い舌がぬるりと滑り込んでくる。

「ぁ、んっ、ん、ふっ……」

肉厚な彼の舌で上顎や舌下をぬらぬらと舐められ、逃げ惑う舌を搦めとられて口唇でちゅる、ちゅる、と吸い立てられて、腰にビンビンとしびれが走る。

頭の角度を固定されているためか、キスがとても深い。

覆い尽くすように吸いつく口唇と獰猛な舌に思うさまむさぼられて、脳髄がどろどろと溶けてしまいそうだ。腰を抱く手で背筋をなぞられ、腰を滑り降りて尻たぶをまさぐられたら、腹の底がジンジンと疼いて、体が潤み始めるのがわかった。

こんなところで、なんてこと……。

「……やっぱり、あれじゃ足りなかったみたいだな」

もがく力を失うほどにキスで英二を蕩けさせて、綾部がふふ、と笑って言う。

「昨日は結局、終電を気にして終わりにしちゃったでしょ。欲望を発散し足りなかったんですよ、あなたの体は」

「あんなに、したのにっ、そんな、わけっ」

「でもほら、キスしただけでもうこんなじゃないですか？」

「あっ！　ぁ、や、ぁっ、触、っちゃ！」

スラックスの上から局部に触れられ、首を横に振って抗うけれど、綾部はベルトとファスナーを緩め、下着の上から形を確かめるように英二のそれをなぞってきた。そこが硬く勃ち上がり、欲望の形に変化していることを知らしめられて、頭がかあっと熱くなる。

昨日は三度結び合い、そのたびに達して白いものをこぼした。なのにこんな場所でキスされ、尻を撫でられただけでまた勃ってしまうなんて、自分がひどく淫らに思えてくる。

「も、わかった、からっ。放、して」

情けない気持ちで、英二は言った。

「今日はもう、全休にする……、家に、帰るから」

「いや、何も帰ることはないですよ。出しちゃえばすっきりするから。俺が責任持つって言ったでしょ？」

「へ……？　ちょっ、綾部！　何やってっ！」

ミーティングルームのドアにぐっと背中を押しつけられたと思ったら、綾部がいきなり目の前に屈み、英二のスラックスを下着ごと膝まで下ろしてきた。

勃ち上がった欲望をむき出しにされ、出かかった悲鳴をすんでのところで手で口を押さえてのみ込むと、綾部が艶めいた目をしてこちらを見上げて言った。

「そう、声は抑えててね。すぐに達かせてあげますから」

「つん！　ふぅっ、ううーっ！」

綾部がむしゃぶりつくみたいに英二自身に吸いつき、舌で舐り立ててきたから、喉奥で悲鳴を上げた。

ホテルのベッドではなく、ここは会社だ。薄いドア一枚隔てた向こうはいつものオフィスで、同僚だっている。なのに自分は後輩の綾部に下着を脱がされ、破廉恥にも、口淫を――。

「……ん、うつ、ふ、ぅ、ンんっ……」

冷静に状況を把握して叫び出しそうになっていたのに、綾部に自身を喉奥まで含まれ、窄めた口唇と頬とでゆっくりと擦られ始めると、吐息が濡れ出したのがわかった。悦びに誘われるみたいに、局部にジュワッと血流が流れ込んでくるのも感じられて、ゾクゾクと背筋が震える。

こんなところで半ば強引にフェラチオをされているというのに、体は拒むところか、素直に感じ始めたみたいだ。ねっとり絡みつく舌と口唇で昂らされ、熱っぽい視線で見上げられると、英二の理性がじわじわと蒸発し始めた。

左手で口を押さえながら、右手を伸ばして綾部の頭に触れ、緩くウエーブのかかった髪をまさぐったら、綾部が目元にかすかな笑みを浮かべた。

こちらを淫靡な目で見つめたまま、綾部が激しく頭を揺すり始める。

「ううっ、ん！　ふ、ううっ……！」

口唇と頬の内側できつく締めつけられ、ジュプジュプと音を立てて幹を擦り立てられて、めまいがするほど感じてしまう。

ここが会社であることも、こんな行為はいけないという思いも、快感の前ではどこかに飛散する。ただ快楽の虜になっていく自分を止められない。

自ら腰を揺すって愛撫に応えたら、もう終わりまではあっという間だった。腹の底から湧き上がる射精感に、抗うことなどできなくて……。

「あや、べっ、も、ダメっ、ぃ、達、ちゃ……！」

押さえた手の隙間から細い声を洩らし、ビクンビクンと尻を震わせながら、綾部の口腔に己を解き放つ。

昨日も何度も放っているのに、英二の切っ先は蜜を強かに吐き出し、綾部の唾液と混ざり合ってぬるく広がっていく。恥ずかしさと恍惚感とで、膝がガクガクと震える。

(会社でこんなこと、してしまうなんて……！)

誰かに知られたら二人そろって処分を免れない、破廉恥極まる行為だ。いち社会人としてもちょっとこれはどうなのかと、家に帰ったら一人反省会を開くレベルの愚行だろう。

なのに体はまるでこれを求めていたみたいに悦びに素直で、どうかするともっと欲しいとすら感じている。むしろ綾部とだったら、もっと深いところまでいってみてもいいと、少しだけそんな気持ちもあって……。

「……英二、すごく悩ましい顔、してますよ？」

ぬるい液体をこぼさぬよう丁寧に口唇を離し、こくりとそれを飲み干して、綾部が秘密めかした声で言う。

「あなたが心の中でぐるぐると葛藤してるのが、すごくよくわかるお顔だ。こういうのは

いけないって気持ちと、でも体は感じてしまって、どうしようって気持ちと」

「綾、部」

「すごく色っぽいです。できればもっといろいろしたいけど、さすがにここまでで。これ以上のことをしたら、今度は逆にフェロモンむんむんになっちゃうかもしれないし」

そう言って綾部が、どこか名残惜しそうな顔をしながら英二の下着を持ち上げ、スラックスをはかせて手早く服の乱れを直し始める。

ここでこれ以上のことなんて求めてはいなかったが、さすがにさーっと頭が覚めてきた。いいかげんデスクに戻って、気持ちを切り替えて仕事を始めなければ。

でも、そもそもエロすぎる顔とやらをなんとかするための行為だったはずだ。色っぽい顔だと言うのなら、このまま戻るとまずいのではないか。

少し経ってから戻ったほうがいいだろうかと考えていると、綾部が英二のベルトをきゅっと整えてから立ち上がり、英二の首のチョーカーのあたりに鼻先を近づけてくん、と匂いを嗅いできた。

「匂いのほうは大丈夫。ちゃんと発散したから、すっかりおさまってます」

「……そ、そう？」

「顔はまだちょっと赤いですけど、もう席に戻っても問題ないと思います。ただ、もしかしたら発情期が近づいてきてるのかもしれないですね」

綾部が、少し考えるように視線を浮かせながら続ける。

「特区への出張、来週末ですよね？　念のために、こっちに帰ってくるまでセックスはお預けにしましょう」

「え、お預け……？」

「また昨日みたいに盛り上がっちゃって、向こうで発情したら困るでしょ？　まあ発情休暇を使ってもいいかもだけど、出先じゃケアも大変でしょうし」

発情休暇、というのは、オメガに認められた無給の休暇だ。

オメガの社会進出が進んだ今の時代、発情しても抑制剤を飲んでそれを鎮め、普段どおりの勤務を続ける者が多いのだが、雇用主のほうからそれを強要することは、法的にはオメガの「発情する権利」の侵害であると位置づけられ、禁止されている。明確に妊娠を望む場合はもちろん、オメガならば誰でも、その権利を行使することができるのだ。

とはいえ現実問題として、発情を抑制剤で鎮めずにおくと、強烈な発情フェロモンが数日間垂れ流しの状態になってしまう。それでは本人も周りのアルファもまともに働くことができなくなってしまうので、発情したオメガに対しては発情休暇が認められているのだ。

しかし、確かに出張先で発情したら少し面倒だ。綾部とこうなってから今までの経過を考えると、お預けにしたほうがいいというのはわからないでもないのだが。

（しばらく、抱き合えないのか）

綾部の言ったことは正しいし、英二もそうすべきだと思う。

けれど、思いのほか残念な気持ちが湧き上がってきたから、自分に驚いた。

綾部と逢瀬を重ねているのは、子供を作るという目的があるからだ。

発情を促すためにしている行為にすぎないはずなのに、なぜだか胸の奥のほうに、ざわざわとさざ波が立ってくるようで。

「……あれ、どうしたんです、そんな顔して？　俺と愛し合えなくなっちゃうの、寂しいんですか？」

「そっ、んな、ことはっ」

「別に誤魔化さなくてもいいんですよ？　心も体も素直なあなたは、とっても可愛いし」

「そ、いうこと、言うなってっ」

綾部の「可愛い」にこちらを小ばかにするような意図はないとわかっているが、この流れで言われると、物欲しげな顔をしていると言われたみたいでかなり恥ずかしい。

体が寂しい、という部分は確かになくはないけれど、それだけだと思われるのはなんだか嫌なのだ。

でも、それをどう伝えたらいいのかよくわからない。付き合っているわけではないのだから、恋人のように甘えたい、というのでもないと思う。

……のだが、この胸の奥のさざ波がなんなのか、自分でもよくわからない。

心理学を学んだプロとして、他人の心理や悩みはある程度わかるつもりなのに、自分のこととなるとこの体たらくだなんて、ひょっとしてポンコツなのではと、己の能力すら疑わしく思えてくる。

なんとも情けない気分で、すがるみたいに顔を見上げると、綾部がどうしてかほんの少し目を見開いた。何やら困ったような顔をして、綾部がぽつりと言う。

「あなたのそういう顔、ほかの人には絶対に見せたくないな」

「……？」

「もっと言うなら、さっき橋本課長に見せてた、ほころんだ花みたいな可愛い顔も。あれはほんとにヤバかった」

「お、俺、そんな顔……？」

「してましたよ？　だからわかったんです。あなたはあの人のこと、ちょっと好きだったのかもしれないなって」

綾部が言って、不意に真っ直ぐにこちらを見つめ、哀願するみたいな口調で続けた。

「ああいう顔を見せるのは、できれば俺だけにしてほしい。じゃないと俺は、あなたにもっと際どいことをして、困らせたくなる」

「なっ……？」

「例えばですけど、もしも俺がそう言ったら、あなたはどう思います？　よければ分析してもらえませんか、バースカウンセラーとして？」

「ええっ？　そ、そんな、何を、急に……」

思いがけない質問を投げかけられて、言葉に詰まる。

まさかいきなりそんなことを訊かれるとは思わなかった。ほかの人には見せずに、自分にだけ特別な顔を見せてほしい、そうでなければもっといたずらして困らせたくなる。

なんだってそんな、独占欲丸出しの嫉妬深い恋人みたいなことを……。

（……独占欲丸出しの、嫉妬深い恋人……？）

ふと思い浮かんだ言葉に、自分でもドキリとする。

こちらを見つめる綾部の端整な顔には、いつもと変わらない表情が浮かんでいる。

まるでポーカーフェイスみたいで、そこにはなんの感情も見えない。

けれど、そんな質問をするの自体が、ある意味一つの答えみたいなものだ。

昔のことは別にいいと言っていたけれど、もしや綾部は、英二が橋本に思慕の念を抱いていたことに、何か平穏ならざる感情を抱いているのではないか。

そう、例えば嫉妬とか――――？

（いや、まさか！　綾部に限って、そんなはず……）

英二の妊活に協力してくれてはいるが、綾部とは「恋人のように」抱き合っているだけで、恋人同士ではない。何より、そうするよう条件を出してきたのは綾部自身だ。

なのに嫉妬するなんて、道理が合わない。英二は首を横に振って言った。

「どうって、言われても……。俺たち、本当の恋人じゃ、ないし」

「それって、まだ区別する意味あります？」

「えっ！　だ、だって、そういう、契約だったからっ……」

混乱を覚えてそう答えると、綾部がきゅっと目を細め、黙ってこちらを見つめてきた。

なんとなく居心地の悪い、妙な沈黙。

綾部は英二の言ったことを吟味しているみたいだ。責められているわけではないのに、何かおかしなことを言っただろうかと、こちらが焦ってしまう。

わけがわからず喉が渇いてくるのを感じていると、やがて綾部がどこか少し切なそうな目をして、独りごちるように言った。

「……ですね。そう提案したのは俺だ。まったく、俺も焼きが回ったな」

「っ？」

「でも、あなたのそれはどうなのかな。天然なのか、それとものすごい怖がりさんなのか……、あるいはまさかの、魔性とか？」

「は、はぁ？」

「まあ、なんであれ可愛いことに変わりはないんで、俺は全部受け止めますけどね」

(何を、言ってて……？)

綾部が何を言っているのか。まるで理解できない。

頭がさらに混乱してしまって、もはや呆然としていると、なぜか綾部がぷっと噴き出した。クスクスと笑う綾部に、英二は訊ねた。

「な、なんで笑ってて……？」

「だってあんまり可愛くて」

「綾部、いつもそう言うけど！　それって、ほんとはどういう意味で言ってるのっ？」

「それは絶対に教えませーん。そこはさすがに気づいてほしいし。ていうか、単純に面白いし」

「面白いってて……」

どうにも煙に巻かれてるみたいな感じで、いよいよわけがわからなくなる。

ここはちゃんと追及しておくべきではと口を開きかけたが、綾部がさっと時計を見たので、出かかった言葉をのみ込んだ。

いつもの彼の快活な笑みを見せて、綾部が言う。

「なんにせよ、エッチはしばらく休止ってことで。ここまできたら、それが逆に刺激になっていいかもしれないしね。出張が終わったらまたたっぷり愛し合いましょ。じゃ、先に席に戻りますね～」

まるで何事もなかったみたいにひらひらと手を振って、綾部がミーティングルームを出ていく。何もかもが腑に落ちないまま、英二は閉じたドアを凝視していた。


綾部の言ったことは、どういう意味なのか――――。

席に戻り、英二の隣で素知らぬ顔で働く綾部から、なんとか真意を窺い知ろうとしてみたけれど、結局上手くはいかなかった。

それはその日以降も同じで、綾部とはあれから、仕事の話と世間話くらいしかしていない。今までは仕事中でも時折艶っぽい軽口を投げかけてからかってきたりしていたのに、そういうこともすっかりなりを潜めてしまった。

といっても、別に綾部が急によそよそしくなったとか、そういうわけではない。

普段どおりの親しみやすく話しやすい、カラッと朗らかな性格はそのままなのに、どうしてか透明なベールみたいなものがかかったようになって、こちらから踏み込もうとしてもひらりといなされてしまう。例えて言うならそんな感じだ。

なんとなく周りに一線を引くようなところがあるのは知っていたし、出張明けまでセックスはお預けになったから、秘密の関係そのものを休止するつもりでいるのかなと、そんな気はしているのだけれど。

(あれ、やっぱり妬いてたんだよね……?)

あの日のことを思い返すたび、どうしてもそういう結論に行き着いてしまう。

橋本にどんな顔を見せていたのか、自分では永遠に謎だが、綾部にそんな気持ちを起こさせたのはたぶん間違いのないことだ。

だが嫉妬というのは普通は単独では起こらない。そこにはかならず何か別の感情があって、だからこそ人はヤキモチを焼く。

ああいう顔を見せるのは自分だけにしてほしい、と言ったときの、哀願するみたいな声音。恋人という言葉への反応と、切なげな目つき。

謎かけみたいな言葉も含め、そのどれもが、綾部の中に英二に対する特別な想いが存在していることを示唆している。端的に言って、それは恋愛感情だ。

でも、そもそも綾部は、英二の妊活に協力してくれているだけだったはずだ。

子供を作るということそのものは、普通は恋愛や結婚の先にある幸せの形なのだろうが、綾部と英二の関係はそこだけに特化していて、「恋人であること」はあくまでフェイクだ。

お互いあまり結婚というものに期待もしていないし、そういう面では至ってクールな関係だと言えるだろう。

だから英二は今一つ信じ切れてはいないのだ。

自分が綾部に、好かれているのかもしれないことに。

(綾部が、俺を……?)

完全に英二の推論ではあるのだが、本当にそうだったらと思うと、知らず胸がドキドキしてくる。セックスはしばらくお預けだと言われたときの胸のざわめきと、それはどこかでつながっていて、英二に一つの甘い疑念を抱かせた。

もしかしたら自分も、彼のことを――――?

「ようこそいらっしゃいました、綾部さん、木下さん。当研究所所長の、石黒《いしぐろ》です」

様々に思うところはありつつも、まずは目の前の仕事をきっちりこなそう。

そう決意して訪れた、サウスオーシャン特区。

鷹城ハイテクノロジー先端技術研究所の応接室で、英二は綾部と並んで所長の石黒と対面していた。

朝一番に空路で特区入りし、三日ほどかけていくつかの事業所を回る出張調査で、初日の今日は朝からサポートセンターや倉庫を回り、午後になってからここに来た。

なかなかの強行スケジュールではあるが、今回は計画書の作成も責任者も綾部で、英二は補佐役としてついてきただけだ。

バースカウンセラーとしての視点から助言はするが、今のところメンタルケアが必要な複雑な案件もなく、至って順調に進行している。

「退職したオメガ社員たちに関する記録は、これで全部ですか？」

綾部が訊ねると、石黒がうなずいた。

「はい。あ、今社会保険と給与関係の書類を持ってこさせています。それもご覧になりますよね？」

「ええ、見せていただきます」

特区の事業所への調査は、ほかと同じく抜き打ちで行っている。

石黒は突然の訪問に少し驚いている様子だが、調査には協力的で、勤務記録や月報など、必要な書類を出してきてくれた。

綾部に確認をと渡された分を英二も順に眺めてみるが、ざっと見た限りでは特に気になるところはない。オメガが何人か立て続けに辞める事業所には、何かしら業務上の問題があることも多いのだが、少なくとも記録上は何も見当たらないようだ。

「……失礼します、所長。書類をお持ちしました」

「おお、ありがとう。こっちへ」

石黒が言って手招きをしたので、視線を追って顔を向けると。

「橋本さん！」

「やあ、木下君じゃないか」

橋本が書類を持って応接室に入ってきたので、驚いてしまう。

橋本は庶務や人事とは関係のない法務部海外法務課の課長だから、調査に当たって顔を合わせることはないと思っていたのだけれど。

「おや、知り合いなのかね、橋本君？」

「ええ、本社の人事部で一緒でした。遠路はるばるお疲れさま、木下君」

橋本が石黒に答え、親しげな笑みを見せて英二に言う。

この間会ったときにこちらに来たら連絡を、と言われたが、わざわざそうせずとも再会できてしまった。石黒がふと思いついたように言う。

「それは奇遇だな。きみも調査を手伝ってはどうかな、橋本君？」

「私はもちろんかまいませんよ」

橋本が答えて、英二に訊ねる。

「何かできることがあるかな、木下君？」

「ええと、そうですねえ……」

「特にありませんのでおかまいなく。書類をこちらによこしていただけますか」

英二の代わりに横からそう答えた綾部の声が、どこか硬く尖って聞こえたから、一瞬ヒヤリとした。

あまりにも無愛想なのでは、と焦ってしまうが、確かに手伝ってもらうのは筋が違う。

橋本から視線を逸らし、手元の書類に目を落とすと、綾部が橋本から書類を受け取って、石黒に穏やかに告げた。

「ありがとうございます。あとはこちらで調べますので、お二人は通常業務に戻っていただいて大丈夫です」

「いや、しかしですな。我々としても、今回の調査の件については、大変重く受け止めておりまして……」

「そうお考えなのでしたら、なおさらここにいていただくわけにはいきませんね」

綾部がきっぱりと言って、石黒と橋本を順に見やる。

「これは本社人事部による正式な労務調査です。調査の公正を期するため、お二人の同席はお断りいたします。何か疑問点があれば後ほどまとめて質問しますので、どうか席を外してください」

綾部の言葉に、石黒と橋本が気おされたように黙り込む。

毅然とした綾部の態度はとても正しく、空気が一気に引き締まった。英二はなかなか現場でこういうふうにはできないので、新鮮な感じがする。

いい機会だから、綾部の仕事の進め方をしっかり見ておこう。英二はそう思いながら、書類に目を走らせた。


「……渋い顔してるね、綾部」

「うーん……」

「とにかくご飯食べよ。さすがに疲れたでしょ？」

その夜のこと。

数時間かけて記録や書類を精査したあと、英二は綾部と研究所を辞し、夕食を取るために繁華街の居酒屋に入った。まだホテルのチェックインを済ませていないものの、食事がてら調査した内容について話したかったからだが、綾部はずっと思案げな顔をしている。

運ばれてきた刺し身に箸をつけながら、英二は言った。

「結構いろんな記録を見たけど、特にこれといった原因らしきものはなかったね？」

「ええ。至ってクリーンな事業所でした」

綾部がそう言って、かすかに眉根を寄せる。

「でも、さすがにクリーンすぎる。有給の取得率も高いし、アルファやベータの離職率はむしろ低い。残業も少ないし、何もかもが理想的な労働環境だ。あんな事業所があるなら表彰ものですよ」

「それは俺も思った。なんとなく、上辺を綺麗に整えましたみたいな感じだったね」

英二が感じた印象と綾部のそれは、どうやら同じようだと安心する。

山盛りのポテトフライをひょいひょいと口に入れて、綾部がまた、うーんとうなる。

「記録の隠蔽か改竄。もしくは、ごくごく私的な事情。書類だけじゃ何もわからないってことでしょうね」

「明日聞き取りしてみたらもっと何かわかるかな？」

「社内の人間だけなら無理でしょう。辞めた人に当たらないと」

綾部が言って、唐揚げにレモンを搾ってかける。

「でも、変ですよね。抜き打ちで行ったのに、まるで俺らが来ることを知ってたみたいだったじゃないですか」

「え、そう？」

「だって、関係ない部署の橋本課長がわざわざ書類を運んできたんですよ？　所長さん、橋本課長に主任と知り合いなのかなんて訊いてたけど、怪しすぎます」

先ほどは考えてもみなかったが、そう言われてみればなんだか変だ。

調査対象の事業所の人間が手伝おうなんて言い出すのも、労務安全管理課にいた橋本なら、おかしいとわかっているはずで……。

「――……あ。もしかして、俺のせいかっ？」

「主任の？」

「こないだ橋本さんと会ったとき、俺も特区に行くかもってちらっと言ったんだ。もしかしたら橋本さん、それを石黒所長に話したのかも。だから近々調査が入るかもしれないって、わかってたんじゃないかっ？」

「あー……、たぶんそれだ。ていうか、間違いなくそれでしょ。二人はグルで、ヤバそうなものはあらかじめ隠しておいたのかも」

「うわあ、失敗した！　何やってるんだ、俺は……！」

元同僚の気安さがあったとはいえ、仕事の情報をリークしてしまったなんてとんだ失態だ。自分の浅はかさに、文字どおり頭を抱えてしまう。

「まあ、それならそれでしょうがないです。でも表向き何もなかったことにできたとしても、辞めた人が消えるわけじゃないんで。地道に調べていきましょう。ね？」

綾部が慰めるように言う。心底情けない気分で英二はうなずいていた。


「……は？　どういうことです、部屋がないって？」

「ですからその、ご予約はお連れ様の綾部様のみ、木下様は、三日ほど前にキャンセルされていまして」

「してないです！　ちゃんとシングルを二部屋で予約しました。どうかもう一度確認してください！」

よくないことは重なるものだというが、どうやらこの出張は運気か何かがよろしくないのかもしれない。ようやく着いたホテルのフロントで、予約した部屋がキャンセルされたと言われるなんて。

「おかしいですね、主任の部屋だけキャンセルなんて」

綾部がいぶかしげに言って、フロントのスタッフに訊ねる。

「キャンセルはどういう手段で？　電話？　オンライン？」

「ええと……、お電話をいただいたようですが」

「俺は電話なんてしてません。何かの間違いだと思います。確認できませんか？」

「申し訳ございません。なにぶんお電話ですので、なんとも。電話を受けた者も本日はお休みをいただいておりまして」

いったい誰がそんな電話をかけたのか。別の客の予約変更の間違いではないのか。疑問に思いつつも、英二は訊いた。

「空いてるお部屋はないんですか？」

「あいにく満室でして。その……、スイートでしたらございますが」

「スイート……は、ちょっとなぁ」

お金持ちか新婚さんでもないのにスイートルームなんて言われても困る。料金もその分高くなるし、出張費ではさすがに……。

「ふーん、スイートか〜。ちょっと予想外だったけど、部屋がないっていうならしょうがないのかなぁ」

綾部がなぜか少々大げさな口調で言って、ふと気づいたように続ける。

「……あ！　そういえばこちらのホテルって、予約のときにバース性の記入がありましたよね？　あれって最近じゃ全世界的に廃止の方向ですけど、特区だと普通なんですか？」

「えっ？　ええと、当ホテルでは、任意でそのように……」

「任意ねえ。行政からはどう指導されてるのかな〜。アルファとオメガの二人客で、オメガの部屋だけ知らないうちにキャンセルされてて、しかも電話だから確認取りようがないとか、ちょっといろいろまずいんじゃないかと思うんですけどねえ、今の世の中的に？」

綾部が言って、にこりと微笑む。

「で、スイートってどんなお部屋でおいくらでしたっけ？　旅行好きな中央官庁勤めの友達に教えたいんで、よかったらパンフレットとかいただけます？」


「……綾部ってさー、絶対に敵に回したくないタイプだよね」

「なんでですか。俺は至って優しい男ですよ？」

心外なことを言われたみたいな顔をして、綾部が言う。

「元の料金で泊まれることになったわけだし、まあいいじゃないですか。スイートルームとか滅多に入れないし」

「それは感謝だけどー……、と、ここ？　なんかドアがすでに重厚だね？」

ホテルの最上階にあるスイート客室は、ほかの部屋とは入り口のしつらえからして違っていた。

興味本位でちょっと覗いてみたい、と言ってついてきた綾部と、カード式のルームキーで鍵を開けて中へと入っていくと。

「おー、広い！」

入ってすぐのところに応接スペースがあるのが、まず普通の部屋と違う。さらに奥にはリビングがあって、ダイニングも別にあり、その先には明るいキッチン。

独立したシャワーユニットと大きな浴槽のバスルームに、ベランダから海を望むツインベッドの主寝室。

奥まった場所にある続き間のベッドはクイーンサイズくらいで、海が見える出窓があって、可憐なミニバラの鉢が並べてあった。

ホテルの部屋というより、瀟洒なマンションのような印象を受ける。

「思ったよりいい部屋だったな。リゾート地のコンドミニアムみたいだ」

綾部が言って、ふふ、と笑う。

「なんか、仕事で来てるなんてもったいないですよね」

「確かにね。まあ、旅行でもこんな立派なところに泊まったことなんてないけど」

「俺もスイートはないなぁ」

そう言って綾部が、いたずらっぽい目をしてこちらを見つめる。

「妊活的にも残念ですねえ。こんな素敵な部屋で朝までセックスしたら、ひと晩で子供ができそうなのに」

「っ……」

さらっとそんなことを言われ、思わずドキリとしてしまう。

このところ色気のある会話は皆無だったのに、ここに来ていきなりそうくるとは思わなかったから、なんだか妙に生々しい気分になってくる。

でも、帰るまでお預けなのだから、そういうことは考えないほうがいい。何も聞かなかったふりをして、英二は告げた。

「さ、そろそろ見学はおしまい。明日も早いし、綾部も部屋に戻って」

「……あ、はーい」

軽く返事をよこして、綾部が入り口へと歩いていく。

だがドアノブに手をかけたところで立ち止まり、ゆっくりと振り返ったので、どうしたのだろうと顔を見上げる。端整な顔に意味ありげな笑みを浮かべて、綾部が訊いてくる。

「主任、あれからどうしてます？　ちゃんと自己処理とか、してます？」

「自己処理？」

なんの話かと戸惑い、聞き返すと、綾部が何か察したようにうなずいた。

「してないんですね。もう、ダメじゃないですか、セックスお預けなんだから、自慰くらいしとかなきゃ！」

「なっ、にをっ？」

「適当に抜いとかないと、またいい匂い撒き散らすことになっちゃいますからね？　寝る前にでも適宜処理してください。じゃ、おやすみなさい！」

あっけらかんとそう言って、綾部がドアをすり抜けていく。

顔と頭がかあっと熱くなるのを感じながら、英二は立ち尽くしていた。


（うう、眠れない……）

気を取り直してシャワーを浴び、早々にベッドに入ったものの、まったく寝つけないまままそろそろ日付が変わる時間だ。

広すぎる部屋と大きすぎるベッドのせいもあるが、英二が悶々として眠れない理由は、もちろんそれだけではない。自慰をしろなんて言われなければそんなことはそもそも意識すらしなかったのだから、これは完全に綾部のせいにしていいと思う。

「ていうか、普通はセクハラなんだよな、あれ」

単なる職場の同僚なら一発アウトな発言も、二人の間では日常会話程度の話だ。彼と自分とは普通じゃない関係なのだなと、真顔になってしまう。

だが出張中の体調管理は働く上でとても重要だ。寝不足になるのは避けたいし、ここは綾部の助言に従って「自己処理」をしておくべきか。

「……ん？　なんだろ、こんな時間に」

枕元に置いた携帯が震えたので、拾い上げて見てみる。

転送で受け取れるようにしてある職場のメールアドレスに、見慣れぬアドレスからメールが来たみたいだ。いったい誰が……？

「え、橋本さんから？」

開いてみると、夜遅くに見てもらえるかはわからないが、できればバースカウンセラーのきみに個人的に相談したいことがある、とあり、携帯の番号が書かれていた。

こんな時間に連絡してくるくらいだから、差し迫った相談だろうか。

書いてあった番号に電話をかけてみると。

『……はい』

「あの、橋本さんですか？　木下ですが」

『……ああ……、すまない、遅い時間なのに……』

橋本の声は心なしか震えている。何かあったのだろうか。

「気にしないでください。でも、いったいどうしたんです？　大丈夫ですか？」

問いかけてみるが、返事はない。ただはなをすするような音だけが聞こえてきたから、どうやら泣いているようだとわかった。

カラカラと鳴っているのは、グラスに氷がぶつかる音のように聞こえる。深夜に酒を飲んで泣いているのだとしたら、精神面に問題を抱えている可能性がある。

「今、どちらに？」

『……街のバーだよ。朝まで開いてる。僕は独りだから、よく来るんだよ』

橋本が言って、泣きの入った声で続ける。

『昼間は大丈夫なんだ。でも夜になると、つらい。こんなこと、誰にも話せなくて』

「何か、悩みを抱えていらっしゃるんですね？」

『僕は無力だ。同僚を守ることもできない。オメガの社員たちのことも……！』

橋本が泣きながらグラスをあおる音がする。

仕事のことで悩んでいるのか。

『……ああ、こんな時間に本当にすまない。でも、もう一人で抱えているのがつらい。カウンセラーのきみに話したいんだ。どうか、これから会ってくれないか？』

この仕事に就いてから、業務時間以外で心理相談を持ちかけられるのはよくあることだ。気軽にそれに応えるのはあまりいいことではないから、基本的には断っている。

でも、もしかしたら橋本は、相次ぐオメガ社員の退職の件について何か事情を知っているかもしれない。街中の、ほかに人がいる場所なら問題もないだろうし、少しでも情報を得られるのなら、会ってみようか。英二はそう思い、橋本に告げた。

「わかりました。そちらに行きますので、場所を教えていただけますか」

『……ありがとう、恩に着るよ。場所はこれから送る。きみを、待っているから……！』

橋本が言って、通話を切る。

ややあって、地図の画像が添付されたメールが届いた。

バーの場所は、研究所に近いところにある繁華街の一角のようだ。

「……綾部、起きてるかな？」

一応出かけると連絡をしておいたほうがいいだろうが、時間的に電話はやめておこうか。

英二はそう思い、携帯でメールを打ち込み始めた。

呼び出された店のある繁華街は、平日の深夜だというのに人が多くいた。

地図を見ながら通りを歩き、やがて見つけた雑居ビルの、地階へと続く階段を下りていくと、指定された店があった。

ドアを開けて恐る恐る中へと入っていくと、細いバーカウンターがあるだけの狭い店内が目に入ってきた。初老のバーテンダーがぎろりとこちらを見る。

「……いらっしゃいませ」

「ええと……、すみません、こちらのお店で、人と待ち合わせを……」

言いかけると、カウンターの隅でスツールに腰かけ、一人で水割りを飲んでいた男が、こちらに気づいて顔を向けた。

「……木下君……、本当に、来てくれたんだね……！」

橋本が頼りない声で言う。

店には彼以外に客がいない。橋本の隣に腰かけ、バーテンダーにノンアルコールビールを頼んでから、英二はおもむろに訊ねた。

「橋本さん、大丈夫ですか？　いったいどうなさったんです？」

「すまないね、情けない姿を見せて。相談しなくても大丈夫だと思ったんだよ。でも昼間きみの姿を見たら、強く思ってしまったんだ。助けてほしい、とね」

「連絡してくれてよかったです。俺にできることなら、力になりますよ？」

そう言うと、橋本が安堵したような笑みを見せた。

バーテンダーがグラスに注いだノンアルコールビールを目の前に置いたので、英二は会釈をして、一口飲んだ。橋本もグラスの水割りを飲み、低く切り出す。

「私は本当に、自分が情けない。アルファで、管理職だというのに、オメガ社員が辞めていくのを止めることもできずに……」

「あの、でも、辞めた人たちは橋本さんの部署ではないのでは？」

「何人かは相談をされていたんだ。個人的にね。特区の中での開発競争が激しい現状で、プレッシャーを感じていると。研究職のアシスタントの立場ではあったが、彼ら彼女らは皆優秀だった。私の力不足だよ」

橋本が嘆くみたいに言って、言いにくそうに続ける。

「実はね、私は最近、精神的に不安定になっているんだ。大きな声では言えないが、医者にもかかっている。みっともないと笑うかい？」

「まさか！　笑ったりしません。それに、医者にかかるのは何も不名誉なことではありませんよ」

「皆がきみのように思ってくれればいいのだがね。周りにバレたらと思うと気が気じゃない。アルファのくせに弱い奴だと言われるに決まっている」

「それは……、昔はそうだったかもしれません。でも今は違います。気にしなくても大丈夫ですよ、橋本さん」

英二は言って、きっぱりと続ける。

「それに、個人的に相談されていたというのは、オメガ社員にとってあなたがとても頼りになる人だからではないでしょうか。親身になってくれる人だからこそ、相談しようと思ったのでは？」

「木下君……」

「アルファだからしっかりしなければ、強くあらねばと、そう気負ってしまう人は多いですが、人に寄り添える優しさだって、アルファの強さだと俺は思いますよ」

これはバースカウンセラーの教育課程で学ぶ基本的な内容なのだが、英二自身は幼い頃の父親の記憶を思い出す。

両親が離婚したのはまだ幼いときなのでよくは覚えていないし、和子から直接聞いたわけでもないが、英二の記憶にある父親はアルファ特有のとても大きな体をしていて、ときどき酒を飲んで家の中で大声を出して暴れていた。おそらくアルファゆえの気負いに押しつぶされ、酒に溺れてしまっていたのではないかと、英二はそう考えている。

橋本が同じような道をたどろうとしているのなら、手を差し伸べて助けたい。

そう思いながら顔を見つめると、橋本が小さくうなずいた。

「……ありがとう、木下君。やはりきみに相談してよかった。きみとこうしてまた話せるなんて、思ってもみなかったよ。もしかしたら私の思いが通じたのかもしれないな」

「思い、ですか？」

「一緒に働いていた頃から、私はきみといるととても心が安らいだ。カウンセラーとしてではなく、一人の人間として、私はきみをとても素敵だと思っていたんだよ？」

「橋本、さん……」

素敵だなんて言われると、なんだか頬が熱くなる。

橋本に憧れていたあの頃の気持ちを思い出して、なんとなく懐かしさを覚えていると、橋本が探るように訊いてきた。

「こんなことを訊くのは、失礼かもしれないけれど、きみはその、独り、なのかい？」

「えっ」

「いや、さすがに無礼だね！　すまない、忘れてくれ。きみがとても素敵だから、思わず訊いてしまったんだ。ハラスメントだと感じたのなら……」

「だ、大丈夫です、お気になさらず！　俺は独り身で、そうじゃなくなる予定もないですけど、それを気に病んでいたりはしませんし！」

慌てて答えると、橋本が意外そうな顔をした。

「そうなのか？　じゃあその……、恋人も？」

「ええと、ま、まあ……」

妊活のために、お互いに恋人だと思って密かに定期的に抱き合っている相手なら、一応いる。

もちろんそんなことを口にしたりはしないが、いません、と言い切るのも自分の中では何か違うような気がして、あいまいに答える。

すると橋本が、どうしてか目を輝かせてこちらを見つめてきた。

思わず顔を見返すと、橋本が何やら甘い声音で言った。

「……そうだったのか。なんだか運命を感じてしまうな、一人のアルファとして！」

「……っ？」

アルファとして、運命を感じる——。

それは聞きようによってはとても意味深な言葉だ。

アルファとオメガとは、発情下の情交の絶頂のさなか、アルファがオメガの首を噛むことによって排他的な番の関係になるが、ごくまれに「運命の番」と呼ばれる特別に絆が深い個体同士がいる。

医学的な評価基準などはまだ確立していないが、とある学術調査によれば、おそらくは「運命の番」なのだろうと認定された者たちのほぼ全員が、出会った瞬間から相手をそうだと認識していたとされている。

そして異口同音に「運命を感じた」という言葉を口にするのだ。

まさか橋本は、英二のことをそんなふうに……？

「あの頃、私は仕事には人一倍打ち込んでいたし、結果も出していたと自負している。だが、プライベートや人付き合いの面では、私は自分に自信がなくてね」

「そう、だったのですか……？」

「いつも不安だったんだ。アルファとして生まれた責任を、きちんと果たしていけるのかと。こう言うと傲慢だと思われるかもしれないが、周りの人を幸福にできてこそのアルファだと、そう思っていたからね。弱さや甘えは見せてはいけないと思っていた」

橋本はいつでも鷹揚で、とても包容力のある人だと感じていたのだが、そんなふうに思っていたなんて驚きだ。どこか切なげな目つきをして、橋本が言葉を続ける。

「意外かな？　でも、それは誰に対してもそうだった。きみに対しては特にね。どうしてだか、わかるかい？」

「いえ……、なぜです？」

「私がきみに好意を持っていたからさ」

「……！」

「そしてその想いは、今また強く激しく燃え上がっている。きみはとても魅力的だよ、木下君」

橋本がそう言って、カウンターに置いた英二の手をさりげなく握ってくる。

もしかして、口説かれている……？

（……いや、待て。おかしいだろ、これ）

明らかに精神的に参っているふうだったのに、英二が独り身だと知った途端元気になり、好意を見せて迫ってくるなんて、あまりにも切り替えが早すぎる。

そういう意味で精神が不安定なのだと言われれば、まあそう考えられないこともないが、妙にきらきらと輝いている橋本の目をよくよく見てみると、泣いていたような痕跡はまったくない。もしや、泣いているふりをしたのか。

「……きみはあの頃、私をどう思っていたのかな。私の記憶違いでなければ、きみは私を、慕ってくれていたのでは？」

「……そ、それは……」

「きみが時折黙って私のほうを見ていたのを、今でも思い出すことができるよ。そして私は、それを内心とても嬉しく思っていた。私もそうしたくてたまらなかったが、職場の先輩としてそれはすべきではないと我慢していたからね」

橋本が言って、手を握ったままこちらに肩を寄せてくる。

「私が異動してしまって、お互いの想いは宙に浮いたまま止まってしまった。でも今なら、また進めることができる。どうだろう木下君。私と、止まっていた時間をまた――」

「あっ！　あの、すみません！　ちょっと待っていただけますか！」

本格的に口説きに入ったのがわかったから、思わず遮って握られた手を引っ込める。

ひとまず落ち着いて状況を整理したい。そのためにはどうすれば……。

「ト、トイレ！　トイレをお借りしたいんです！　お話は、そのあとで……！」

英二は言って、少々唖然としている橋本を残して店の奥の化粧室のドアへと駆けていった。

たり。

「うーん、どうしたものか……」

化粧室の洗面台の前に立って鏡を見ながら、英二は考えている。

悩みを相談したいと言って呼び出し、泣いているふりをしたり、弱い部分を話してみせたり。

まさかそんなことは疑いもしなかったが、橋本は明らかに最初から英二を口説くつもりだったのだろう。信じられない思いだが、こういう状況で何かトラブルに発展すると、のこのこやってきたこちらにも問題があると思われがちだ。

とにかく慎重にしなければとは思うのだが。

(もしかして、このまま話に乗ったら、何か聞き出せるかな?)

どこまでが口説くための嘘だったのかはわからないが、退職したオメガ社員については本当に何か知っているかもしれない。

うまく立ち回ってそれを話させることができるならベストだが、それには駆け引きが必要だ。自分にそれができるかというとだいぶ怪しいし、失敗したら態度を硬化させてしまうかもしれない。どう振る舞うのが適切だろう。

(綾部なら、そういうの上手くやれそうなんだけど)

さすがにもう寝ているかもしれないが、とりあえず現状を伝えておこうと携帯を取り出すと、着信の通知が来ていた。

「あ……、電話もらってた？」

英二が送ったメールを見てくれたのだろう。店に着く少し前に綾部からの着信があったようだが、英二は気づかなかったらしい。

折り返し電話をかけてみるが、つながらない。

タイミングが悪かったようだ。このまま留守番電話メッセージを残しておこう。

「……あ、綾部？　木下です。橋本さんと会えたので、話をしてます。でもなんだか、ちょっと妙な雰囲気になってて……。けど、調査の件について何か知ってる感じだし、探りを入れてみようと思ってます」

英二は言って、ふといたずら心を覚え、軽く続けた。

「言っとくけど、自己処理とかしなかったから。出張中はお預けって言ったのはそっちなんだから、綾部もちゃんと禁欲してね？」

「……ほう？　きみたちはそういう仲なのかい？」

「っ！」

ソフトな低音にギョッとして、思わず携帯を取り落としてしまう。

恐る恐る振り返ると、橋本が化粧室に滑り込んできて、ドアを背中で閉めた。

ニヤリと笑みを見せて、橋本が言う。

「驚いたな。きみが社内恋愛を、ねえ」

「ち、違うんです、これはその……！」

「それに、探偵ごっこもしているのかい？　私に探りを入れようとしているなんてね。どんなことが知りたいのか、訊いても？」

穏やかな声と笑顔で言いながらも、橋本の目はぜんぜん笑っていない。

ほかに出入り口のないところで逃げ場を塞がれ、体の大きなアルファと対峙している。背中が冷たい汗で濡れるのを感じ、知らず足が震えてくる。

どこか冷たい目をして、橋本が言う。

「……あの、アルファ。綾部君、といったかな？　海外帰りの幹部候補の。彼、鷹城家の息がかかった男らしいね？」

「……なっ？」

「おや、知らなかったのかな？　うちの石黒所長は、本社のとある重役と懇意にしていてね。あの若いアルファ男についても調べてくれたんだ」

橋本が言って、もったいぶるような口調で続ける。

「入社の経緯は不明。だが、おそらくは鷹城グループの会長が各社に送り込んでいる直属の部下、お気に入りの手駒の一人じゃないかという話だ。きみはその彼の助手か？　あるいはプライベートでも、恋人なのかな？」

（鷹城会長の、手駒？）

思わぬ話に驚かされる。綾部がそんな立場の人間だなんて、というか会長と知り合いだったなんて、まさか想像もしなかった。

エレベーターに同乗したときの二人の態度からも、考えてみもしなかったが、綾部があんなふうに堂々と乗り込んでいけたのも、本当は知り合いだったからこそだったのだろうか。橋本が下卑た声音で言う。

「まったく、きみには騙されたよ。オメガ初のバースカウンセラーだなんてもてはやされて入社したが、その年まで勤めて主任にまでなっているのはおかしいと思ったんだ。まさか色仕掛けで地位を手に入れていたなんてねえ」

「なっ！　そんなこと、してません！」

「ああ、そうだ。オメガはみんなそう言うんだ。こんな甘ったるい匂いをさせているくせに、純真無垢な顔をして。いつだって、誘惑してくるのはオメガのほうなのに！」

「はっ……？」

何やらひどく恨みがましい橋本の言葉に、思わず絶句した。

オメガへの差別や偏見丸出しの発言を、橋本の口から聞くとは思いもしなかった。橋本が本当はオメガのことをそんなふうに思っていたのだとしたら、あまりにもショックすぎる。なんとも言葉をつなげずにいると、橋本が眉根を寄せて言った。

「どこまで知っているんだ、きみは」

「な、にをです？」

「誤魔化すんじゃない！　鷹城の息がかかった人間がわざわざ乗り込んでくるんだ。これがオメガの退職だけの調査じゃないことくらい、所長だってわかっている。きみは私から、それを探り出すつもりだったんだろうっ？」

なんのことやらわけがわからない。もしやオメガ社員の退職の件以外にも、何か隠された問題が発生しているのか……？

「どこまで、だなんて、俺は何も……」

「しらを切るつもりなのか？」

「そんなこと！　俺も綾部も、本当に退職者に関する調査をしに来ただけです！」

「そうか、言うつもりはないということか。困った子だねえ、きみは」

橋本が言って、ずいっとこちらに迫ってくる。

「だったら体に訊いてやる。このいやらしいオメガめ！」

「あっ！　何をするんですっ、やめてっ……！」

腕をつかまれてトイレの個室に連れていかれ、中に押し込まれて戦慄する。もがいて逃げようとしたが、後ろ手に腕をひねり上げられ、便器をまたぐみたいに足を開かされて、奥のタンクに胸から押しつけられた。

体に訊いてやるって、まさか――？

「やめてください、橋本さん！　こんなこと、許されることじゃっ……！」

「誰が許さないというんだい？　ここは特区だよ？　場末のバーで何があろうと誰も気にしはしない。泣こうが喚こうが誰もきみを助けになんか来ないさ」

「そん、なっ……、い、嫌です、やめてっ」

後ろから抱きつかれてシャツの前を乱暴に開かれ、胸を撫で回されて、嫌悪で肌が粟立つ。いやらしく腰を押しつけながら橋本が言う。

「ああ、きみは以前からこんな匂いだったね。絡みつくみたいな、オメガの匂い……、アルファを惑わせる淫らな匂いだ。あの綾部という男にも、こんな匂いをさせて近づいたのかい？」

「ち、がっ……」

「あの子たちもそうだったねえ。そして私を誘惑してきた。なかなか理解してもらえないのだが、私はむしろ被害者なんだよ？　別に私が辞めさせたわけじゃない、あの子たちはアルファを堕落させてしまう己を恥じて、自分から辞めていったんだ」

「……っ？」

(何を、言ってっ……？)

あの子たち、というのは、もしや退職したオメガ社員たちのことだろうか。

体に触れる手から逃れようともがきながら、そう気づいて寒けがしてくる。

被害者だなんて言っているが、もしオメガ社員たちにもこんなことをしていたのなら、それは社内でのハラスメントの域を超えてオメガへの人権侵害だ。自ら会社を辞めるよう仕向けていたなら、会社的にも社会的にも一発アウトだ。

まさかそんなことを、橋本が……？

「石黒所長は寛大な人だよ。私が困っていることに理解を示してくれて、後始末をしてくれてね。まあ代わりにいろいろと手伝うことになったのだが、そこは持ちつ持たれつというやつだ。私だって、いつまでもこの会社にいるつもりはないのでね！」

「あっ、や、めてっ」

橋本が英二の両腕を片方の手で押さえたまま、スラックスのベルトに手をかけてくる。

留め金を乱暴に外し、脱がせようとしてきたから、腰をよじって抵抗した。

橋本が険しい声で言う。

「話すんだ、木下君。どこまで調べがついているんだ？　場合によっては、東京に帰してやれなくなるぞ？」

「なっ？」

「特区には多くの人間が出入りしているからね。所長も私も人脈がある。きみはここで私に犯されるよりも、もっと怖い目に遭うかもしれない。話すなら今のうちだぞ？」

恐ろしい脅しの言葉に身がすくむ。ここで橋本に犯されるのだって、もちろんごめんだ。というかそもそも、英二は何も知らない。脅されたところで、話せることなんてないのに。

（でも、綾部は知っているのか？　だから現地調査の必要性を訴えて、ここに……？）

鷹城家の息がかかっているというのが本当なら、綾部はもしかしたら、本社の人間も知らないような極秘の案件を独自に調べているのではないか。

わざわざそうしなければならない理由があるとすれば、それはおそらく社外には洩らしたくないからだろう。世間に知れたら大事《おおごと》になり、会社の信用問題にもなるような、そういう案件だからではないか。

例えば汚職や背信行為のような……？

「おい、その汚い手を離せっ！」

いきなり怒声が届いたと思ったら、橋本の体がふっと英二から離れ、個室から引きずり出された。

何か言葉が発せられるよりも早くガッと鈍い音がして、橋本がうおう、とうなり声を上げ、床に倒れ込む。顔を殴られたのか鼻血を出した橋本の顔が見えたので、ヒッと息をのむと――――。

「無事ですか、主任っ？」

「綾、部……、綾部っ……！」

個室の中を覗き込んできた端整な顔を見たら、思わず泣きそうになった。

個室から飛び出して首に抱きつくと、綾部が力強い腕で抱き込み英二の背中をとんとんと優しく叩いて、安心させるように言った。

「もう大丈夫です。全部調べがつきましたからね」

綾部が言って、胸ポケットからハンカチを取り出し、床に落ちていた英二の携帯を包んで拾い上げる。

どうやら、あのあとも通話がつながったままだったようだ。綾部が冷たい目をして橋本を見下ろし、低く告げる。

「あんたのオメガ社員へのセクハラと石黒所長の技術漏洩の件、全部調査が済んだよ。もう本社には連絡済みだから、たぶんあんたらは懲戒免職だね」

「な、に」

「ちなみにあんたらが頼りにしてる街の顔役にも、裏から話が回ってる。特区からの高飛びも難しいと思うんで、逃げられるとか思わないほうがいいよ？」

そう言って綾部が、吐き捨てるように続ける。

「明日の朝一で本社の重役と弁護士が来る。所長と一緒に首を洗って待ってな」


「木下主任、ほんとに怪我とかないですか？」

「うん、大丈夫」

「気分も悪くない？」

「平気だよ」

タクシーでホテルに戻ると、綾部は英二のスイートまで付き添ってくれた。

橋本に体を触られた気持ちの悪さを洗い流したくてシャワーを浴びている間も、綾部はどこかと連絡を取り合っていたようで、浴室を出た英二に万事解決しそうだと教えてくれ、

何度も確かめるみたいに体調を気遣ってくれている。

怪我や気分の悪さはないものの、疲れのせいか体が重く感じたので、とにかく腰かけようとリビングのソファに座ると、綾部がスパークリングウオーターを持ってきてくれた。

申し訳なさそうな顔で英二の隣に座って、綾部が言う。

「ごめんなさい。俺、木下主任を守るって言ったのに、こんなことになってしまって」

「綾部……」

「危ない目に遭わせて、本当にお詫びのしようもないです」

「いや、そんな。俺が勝手に橋本さんに会いに行ったんだから。綾部のせいじゃないよ」

落ち込んでいる様子の綾部にそう言って、英二は訊いた。

「でも、何がどうなってたのかは教えてもらってもいい？　立場的に言えないこともあるかもしれないけど……」

「お話しします、ちゃんと」

綾部がうなずいて、真っ直ぐにこちらを見つめる。

「鷹城グループの、社長会ってあるじゃないですか。本社で月一でやってるやつ」

「うん。こないだもやってたね」

「あの社長会の下には、独自の内部調査委員会が設けられてるんですけどね。俺、実はそこの特命を受けて、石黒所長を調べていたんです。彼には、ベトナム工場の所長をしてた時代からの、他社への技術情報の漏洩疑惑がありまして」

「技術漏洩っ？　それって本社の法務部は知ってるのっ？」

「ええ、知ってます。何せ法務部長も共犯だったんで。橋本課長の先日の出張は部長と会うためだったようで、こちらももう調査済みです」

そんなことになっていたとは知らなかった。先ほど英二が推測したとおり、それは絶対に表には出せない事案だ。本社の部長がかかわっていたなんて。

「オメガの退職者が続いてた件も、うちの課とは別の方向から調べてて、さっきの主任からの留守番電話に残された会話のおかげで話がつながりました。あれ、全部橋本課長の悪癖のせいですね」

「悪癖？」

「あの男、昔からちょいちょいオメガ社員にセクハラしてて、海外の事業所でも現地のオメガに手を出したり問題を起こしてたんですが、表ざたになる前に異動で帰国してうやむやになってたみたいです。今の研究所でも同じようにやらかして、それを揉み消す見返りに石黒所長を手伝うようになったんでしょう」

「そういう、ことか」

だいたい予想どおりだが、自分がこうだと信じてきた橋本の人物像が、まったくの偽りだったのだと思うと、なんだかひどくやるせない。綾部がため息をついて続ける。

「退職に追い込まれた社員とか、所長の秘密を知って辞めさせられた人とかにさっき会ってきたんですけど、ひどいもんでしたよ。明日にでも話を聞きたいって言ったら今すぐ会ってくれって言われるくらいにはね。正式に被害者の会を作るそうです」

「そうなんだね」

「まあその辺も全部上には連絡してあるので、万事オーケーです。けど、あなたに黙っていたことは申し訳なく思っています。本当にすみませんでした」

そう言って綾部が、深々と頭を下げる。話してほしかった気持ちもあるけれど。

「気にしないで、綾部。秘密にしなきゃならない事情があったんだし。それより、俺を助けに来てくれたこと、嬉しかったよ？」

「あれは俺も必死でしたから。あなたがあの野郎に犯されてたら、一発殴るくらいじゃすまなかったですよ」

心底ほっとしたように、綾部が言う。

「ほんと間に合ってよかった。あなたが無事で、本当によかった」

「綾部……、……あ……」

英二を安心させるように、綾部がそっと体を抱いてくる。

温かく包まれるみたいな、優しいハグ。

アルファの体をずっと怖いと思ってきたし、先ほど橋本に追い詰められたときにも一瞬それを思い出した。橋本には憧れを抱いていたはずだが、手を握られたときあまり気分がよくなかったし、体を触られたらとても気持ちが悪かった。

でも綾部にハグされると、英二はただただ安心する。心の底に幸福感が広がって、自分は独りではないのだと、そんな喜びすらも覚えてしまう。

それこそ、「運命」を感じるように。

（……これって、もしかして……？）

そうなのではないかと、心の隅で感じてはいたが、今まで誰にもこんな感情を抱いたことがなかったから、確信が持てなかった。

でも、この温かさ、高揚感、胸の高鳴り。

力強く温かい体と、もっと触れ合いたいと感じる気持ち。

どんなにうぶでも、さすがにもう見誤りようがない。

自分は綾部に惹かれているのだと、初めて自覚して、心が甘く震える。

「……あとのことは俺がやります。あなたは、何も心配せずに……」

綾部が言いながら、体を離そうとする。

そうされたくなくて、しがみつくように抱きついたら、綾部がかすかに息をのんだ。

「主任……？」

こういうときなんと言っていいのか、英二にはわからない。

でも何かを感じ取ってほしくて、綾部の背中に回した手でぎゅっとシャツを握り締める。

すると綾部が、応えるように英二の体を抱いてきた。

まるで本当の恋人同士みたいな、優しく甘やかな抱擁。

心が安らいで、どこまでも穏やかな気持ちになる。

自覚はなかったけれど、もしかしたらずっと誰かとこうしたいと思っていたのではないかと、そんな気がしてくる。

その相手は、もちろん誰でもいいわけではない。

英二が抱き合いたいと思ったのは――――。

「……ぁ……っ」

不意に体の芯がジンと疼いて、心拍がドキドキと激しく脈打ち始めた。

続いて背筋がゾクゾクと震え出し、脳髄がちりちりとスパークする。

綾部がビクッと身を震わせ、抱擁をわずかにほどいて英二の顔を見つめてくる。

「……主任……、これ、もしかして……」

「……うん、……発情が、始まったみたいっ」

息が弾むのを感じながら、英二は答えた。

腹の底がじわじわと疼き、甘い蜜が湧き上がってくるみたいな感覚。

前回発情したのはもう一年近く前だ。まさかこのタイミングで来るなんて。

「こんな素敵なホテルのスイートで発情ですか。持ってますねえ、木下主任は」

綾部が言って、ひどく嬉しそうな笑みを見せる。

「やっとこの日が来た。何度も抱き合ってるのに、まるで今がハネムーンの初夜みたいだ。匂いも、ヤバい」

「綾部っ」

「もう、抱きたい。ベッドに連れてってても？」

早くも英二に煽られているのか、綾部の声には劣情がにじむ。それを聞いただけで、後ろがじわっと潤んでくるのがわかった。

小さくうなずくと、綾部が艶めいた笑みを見せて、英二をひょいと抱き上げた。

主寝室のベッドへと運ばれ、シーツの上に横たえられた瞬間。

ドンと突き上げるような衝撃とともに、体の芯で熱が爆ぜた。

「あ、あっ……！」

腹の底から突き上げてくるような欲情と、淫靡な色に溶ける視界。

アルファの子種を求める鮮烈な渇望に全身の肌がざわりと粟立ち、淫蕩の汗がしっとりと浮かぶ。体中から発情フェロモンが湯気みたいに立ち上ってくるのが自分でも感じられ、ゾクゾクと震えが走った。

綾部もそれを感じ取ったのか、眉根を寄せてせわしくシャツを脱ぎ捨てる。

横たわったまま濡れそぼち始めた体にのしかかられ、バスローブの前を開かれると、喘ぐほどの欲望で頭がクラクラしてきた。

「……抱、いて……、みつ、る……！」

震える声で英二は告げた。

「英二……！」

名を呼び合っただけで、綾部の目が情欲に濡れる。

それを抑えるみたいにゆっくりと、綾部が顔を近づけてくる。

「ん、ンッ……、ぁ、あっ、んむっ、ぅぅっ……！」

口唇をぷるぷると吸われ、ちゅる、ちゅる、と舌を吸い立てられて、それだけでビクビクと腰が跳ねる。綾部の口づけはいつでも欲情を煽ってくるが、発情しているせいか口唇も舌も口腔もひどく敏感で、触れ合うだけで感じてしまう。

綾部の背中に腕を回し、抱きついてキスに応じると、重なった腹の間で英二自身がグンと頭をもたげてきた。ズボンのファスナーの向こうの綾部のそれも、もう硬くなっているのがわかる。

雄々しく勃ち上がった肉杭を、早く後ろにつないでほしい。溶けるほどに結び合って何度も頂を極めさせてほしい。そして熱い白濁液を、余さず腹に注ぎ込んでほしい――――。

発情で沸騰する英二の意識にあるのは、貪欲なまでの欲望だけだ。はしたなく腰を揺すって体全体で抱きつくと、綾部が口唇を離して苦しげに言った。

「これ、きっついな。してる間に頭がぶっ飛びそうだ」

「充っ」

「ちょっと自信がなくなってきた。危なそうだから、首の、つけときましょうか」

綾部がそう言って、ベッドサイドテーブルに置いておいたチョーカーを取り上げ、英二の首に装着する。途中でわけがわからなくなって首を噛んでしまいそうなほど、綾部も劣情を煽られているのだろうか。

発情フェロモンのアルファへの強烈な作用を目の当たりにして、自分はオメガなのだと、いつになくありありとそう感じさせられる。

でも、それは悪い気分ではなかった。もしかしたら自分を好いてくれているのかもしれないアルファ、そしてこちらもいつの間にか心惹かれていた相手が、いや応なしに欲情して自分を求めてくれているのだ。

今なら何をされても恥ずかしくないし、恐れる必要もない。英二はうっとりと綾部を見上げ、哀願するように言った。

「みつ、るっ、欲し、いっ」

「英、二」

「充の硬いの、欲しいっ！　早く欲しくてっ、どうかなっちゃいそうっ……！」

「……っ、それ、煽りすぎ……！」

綾部が苦痛に耐えているみたいな顔をして言う。初めてのときからずっと余裕を持ってリードしてくれていた綾部が、そんな顔をするなんて驚きだ。

でも、発情のせいでお互いにいつもとは比較にならないくらい興奮しているのだから、そうなってしまうのは当然なのだろう。

必死で自分を抑えているような悩ましい表情を見せながら、綾部がズボンを緩めると、中から英二の欲しいものが現れた。

「……っ！」

剛直、と呼んでもいいくらいに昂った綾部のそれは、もう最大と言えるサイズで、凶暴な質量になっていた。目にしただけで腹の底がじくじくと疼いて、窄まりが蠢動したのがわかる。

綾部に膝を曲げさせられて肢を開かれ、腰が浮くくらいまで持ち上げられると、勃ち上がって透明液をこぼしている自分の欲望が、目の前にさらけ出された。

その向こうでヒクヒクと疼いている窄まりに視線を落として、綾部が言う。

「もう、少しほどけてきてる。わかりますか？」

「あ、ぁっ……」

柔襞を指先でくにゅくにゅとなぞられ、それだけで甘い声が出る。そこはもう熟れかけていて、優しく撫でられただけで指に吸いつくみたいに襞が捲れ上がった。

くぷんと指を沈められ、くるりとかき混ぜられたことで、中がたっぷりと潤んでいるのが自分でもわかる。意地汚く指をきゅっと締めつけると、綾部が指をもう一本挿し入れて、中を確かめるみたいに動かした。

「ああっ、ぁ、あ」

くちゅ、くちゅ、と淫靡な水音が立って、そこが蜜壷みたいになっていると知らしめられる。指ではなく熱杭でかき回してほしくて、英二は泣きの入った声で叫んだ。

「は、ぁっ、もぅ、ちょう、だいっ！　充のっ、そこにっ」

「いいですよ。でもここからは、俺もどうなるかわからないんで。もし途中でもう無理だって思ったら、迷わず携帯で通報を。いいですね？」

「う、んっ、わかった」

そうは言っても、綾部がどうにかなってしまうようなら、きっとこちらもわけがわからなくなっているだろう。

それでもいい。むしろ何もわからなくなるくらい、めちゃくちゃにしてほしい。

そんな切実な欲望に意識を覆い尽くされ、まなじりが濡れるのを感じていると、英二の両肢を肩に担ぎ上げるみたいにして、綾部が腰を寄せてきた。

熱い切っ先を後孔に押し当てて、綾部が告げる。

「……いきますよ、英二」

「うんっ、ぁ……、あ、あっ……！」

ぐぷり、と熱の塊が沈み込み、そのままずぶずぶと太い幹が入ってくる。

綾部のそれは今まで味わったことがないほど大きく、つながれただけで全身の筋肉がミシミシときしむのを感じた。

これで激しく突かれたら壊されてしまいそうで、かすかな不安を覚えるけれど。

（すごく、熱、いっ……）

今まではずっとコンドームをつけてくれていたから、彼と直接触れ合うのは初めてだ。ボリュームは凄まじいが、皮膚感覚が違うというか、これは彼なのだという確かな感触があって、不思議と恐怖は感じない。直接体温を感じ取れることが、むしろ安心感につながっているのかもしれない。

途中まで挿入したところで綾部がふう、と息をついて、揺れる声で言う。

「すごっ……、中、グツグツ煮え滾ってるみたいだ」

「充っ」

「俺こんなの、初めてです。ちょっともう、抑えられないかも……！」

「ふ、あぁっ！　ぁあっ、あああっ」

綾部にゆっくりと腰を使われ始め、上ずった声がこぼれ出る。

いつもよりも熱く大きな雄で押し開かれ、一瞬ヒヤリとしたけれど、英二の内腔もいつになく蕩け、愛蜜で満たされているようだ。ひと突きごとに深度を増してくる綾部の砲身にトロリと絡みつき、中へ中へと引き込んでいく。

お互いが直に触れ、ぴったりとなじんでいくためか、いくらかきつく感じた内壁を擦られる感触にも、すぐに甘いものが交ざり始めた。

「あっ、あ！　す、ごぃ、すごく熱くて、気持ち、ぃいっ」

「英二も、熱いですよっ、溶かされそうだっ」

「つん、い、いっ、なか、ぜんぶ、いいっ」

感じる場所はもちろん、綾部がみっしりとおさまった肉筒全体が、歓喜でうねっているみたいだ。抜けそうなあたりまで幹をぬらりと引き抜かれ、リーチをたっぷりと使ってまた奥まではめ戻されるたび、英二自身がビンと跳ねる。鈴口からは嬉し涙がたらたらと流れ出て、糸を作って腹の上に滴り落ちてきた。

気持ちいい。本当に、最高に気持ちがいい。この体はこうすることをずっと望んできたのだと、確かな実感がある。

知らず後ろをキュウッと締めつけてしまうと、綾部がウッとうなった。

「……ああっ、もう、無理っ……、俺が、無理だっ……！」

「みつ、る……？　あっ、ああっ！　はあっ、あぁぁっ……！」

我慢の限界にきたみたいに、綾部がいきなり抽挿のピッチを上げたから、たまらず悲鳴を上げた。

制御されていた力が一気に解き放たれたみたいな、強く荒々しいインサート。ズンズンと最奥まで突き入れられて、体がシーツの上を滑り上がっていく。

やがて上板に頭がぶつかると、綾部が英二の両膝を肩につくほど上げて、体を折り曲げるようにしてきた。

浮き上がって上向いた後孔に、綾部が容赦なく楔を打ち下ろしてくる。

「ひっ、ああっ、ふぅっ、はぁあっ！」

ひと突きごとに亀頭球がずぶっとはまり込むほどに深々と突き込まれ、ベッドのスプリングが大きく弾む。声も飛び飛びになって、嬌声なのか悲鳴なのか自分でもわからなくなる。強大なアルファに体を蹂躙されているように感じて、おののきそうになったけれど。

「……あ、あっ！　ぃ、いっ、おっき、い、のがっ！　奥に、来、るっ」

重量感のある綾部の雄で何度も最奥を穿たれるうち、腹の底にひたひたと悦びが広がってくるのがわかって、尻がぶるぶると震えた。

内壁も綾部の動きに合わせてキュウキュウと収縮し、彼を離すまいとしがみついていく。肉襞を振り切って熱棒が引き抜かれるたび、英二の媚肉が捲れ上がってとぷりと愛蜜が溢れ、それを巻き込みながらまた打ち込まれると、くぷくぷと淫猥な水音が上がった。

発情したオメガの肉体とそれに煽られたアルファの肉体との、どこまでも濃密で淫靡な交合。こんなにも鮮烈な味わいだなんて、初めて知った。

もっと感じ尽くしたいと思うけれど、とめどなく湧き上がる快感がビンビンと脳髄まで駆け上がり、あっという間に頂の兆しが迫ってくる。

綾部もたまらないのか、息がハアハアと大きく弾んできた。

「く、ぅっ！　すごいっ、英二の中、俺にピタピタ、吸いついてくる！」

「みつ、るっ、み、つ……！」

「ああ、可愛いっ、英二が可愛すぎて、もうっ……！」

腰をしなやかに跳ねさせながら、綾部がいつになくせっぱ詰まった声で言う。

今まで見せたことのない年下らしさを垣間見たような気がして、揺さぶられながらトロンとした目で見上げると、もつれた黒髪が汗で額に張りついているのが見えた。

なぜだかそれがひどく愛おしくて、手を伸ばして払いのけてやると、綾部の顔にはにかんだみたいな笑みが浮かんだ。

まるで少年みたいな素直な表情に、図らずも胸がきゅんとなる。

淡い慕わしさと、嬉しいような気恥ずかしいような、優しいくすぐったさと。

この感覚には覚えがある。

もしかしてこれは、「可愛い」という気持ちなのでは……？

(可愛い、って、好きだ、ってこと……？)

余裕の皮をかなぐり捨てててただ行為に没入し、激しく身を揺すって悦びを享受しながら、同じくらい英二を満たしてくれる、アルファの男。

今、目の前の綾部に感じている可愛いという感情は、好きという気持ちと同じだと、英二はそう感じる。そしてもしも綾部もそう思ってくれているのなら、自分たちはお互いに同じ気持ちを抱いているということだ。

本物の恋人同士のように――。

「……ぁっ、あッ！　充っ、も、来るっ、気持ちいいのっ、きちゃうぅッ！」

「俺もだよ、英二っ、俺ももう、出、るっ……！」

ぬちゅぬちゅと音を立てて、綾部が激しく英二をかき回してくる。

下腹部にジュッと熱が溜まって、内腔がキュウキュウと収斂してきて――。

「はあっ、ぃ、くっ、達ッ……」

英二が頂に達し、欲望が爆ぜて白蜜がビュクビュクと放たれた瞬間。

綾部が亀頭球を英二の中に埋め込んで、ぶるりと身を震わせた。

「くっ、うっ……！」

「……あ……、ああ、ぁうぅっ……！」

ざあっ、ざあっと、腹の奥底に白濁が吐き出される感触に、喘ぐような声が洩れた。

オメガのこの身に初めて注ぎ込まれた、アルファの精液。

想像していたよりもそれはずっと熱く大量で、濃厚なのかずしりとした重みすら感じる。ビンビンと跳ね回る刀身に内壁を擦られ、熟れ切った内襞にピシャッ、ピシャッ、と何度もほとばしりを浴びせられたら、それだけで背筋にしびれが走った。

まるでアルファの生命力を、そのまま体内に注がれたかのようだ。

「……ああ、すごいなっ。英二の奥、ヒクヒク震えてる……、オメガ子宮が俺の子種を待ってたみたいだっ」

英二を深々と貫いたまま、綾部が悩ましげな声で言う。

「匂いも、また強くなってる。本当に、たまらないっ」

「……っ、あっ、駄、目っ、動い、ちゃっ！」

まだ中は達したままで蠢動が続いているのに、綾部がまた緩く腰を使い始めたから、裏返った声で叫んだ。

亀頭球を引き抜かず、肉杭を上下させたりかき回したり、ごく優しく動かされているだけなのに、頭のてっぺんから足のつま先までしびれるほどの快感が走る。

綾部が動くたび窄まりがヒクつくせいか、結合部から白濁がにじみ出て、尾てい骨から背中のほうにまで滴っていくのがわかった。

一度で終わりだなんて、もちろん思ってはいなかったけれど、せっかく注いでもらったのに流れ出てしまったら嫌だ。英二は首を横に振って言った。

「駄目っ、そ、な、したらっ、こぼれ、ちゃうっ」

「そしたら、また注げばいい」

「で、もっ」

「この格好、苦しいかな？　ちょっと体勢、変えますね」

「あっ！　アアッ……！」

体を屈曲させられて後ろをつながれたまま、体をころんと反転させられて、小さく悲鳴を上げる。太い幹で内腔をぐるりと擦られた衝撃にクラクラしていると、そのまま膝をシーツにつかされ、尻を高く持ち上げられた。

後背位なんて初めてで、少し驚いたけれど、発情しているせいか恥ずかしさなどは感じない。英二の腰を両手でぐっとつかんで、綾部が告げる。

「ごめん、もう、動くよっ」

「み、つるっ！　あっ、ああっ、ああああっ――――」

獣のような体位で後ろから突き上げられ、あられもない声で啼いてしまう。

前からよりも、後ろからされるほうが結合が深いのか、ズンズンと最奥を突かれるたび脳天まで貫かれるみたいだ。

肉棒を引き抜かれるたびとろとろと白いものが溢れ出てきて、内股をぬらぬらと伝い落ちていく。こぼれるのがもったいなくて腰を上向けると、感じる場所をぐいぐいと抉られ、悦びで視界が明滅した。凄絶すぎる快感に、意識が朦朧としてくる。

「可愛い英二……、もっとたくさん、俺を欲しがってて っ……！」

欲情に濡れた綾部の声が、汗ばんだ背中に落ちてくる。

オメガの本能が導くままに、英二も身を揺すぶって綾部に応えていた。

オメガの発情は、通常二日から三日ほど続く。

発情フェロモンを抑えるための抑制剤を飲めば、発情はすぐにおさまるのだが、英二は妊娠を望んでいるため抑制剤等は飲まず、翌日から発情休暇扱いで休み、ホテルの部屋で静養することになった。

研究所の調査については、正式に鷹城グループ社長会直属の内部調査委員会に引き継がれたので、特に業務に支障もなく、課長からも少しゆっくりしてきなさいと言ってもらえた。

泊まっている部屋がスイートルームということもあって、ちょっとしたバカンス気分ではあるが、万が一にもほかの宿泊客に迷惑をかけてはいけないので、奥の続き間にこもりきりだ。発情が続いている間は頭もぼんやりしているので、基本的にはベッドに横になって静養している。

ある意味これ以上ないほど贅沢な時間だと言える。

『……主任、起きてます？』

「あ、うん。起きてるよ」

発情した翌々日の昼すぎ。続き間のドアの向こうから聞こえてきた綾部の声に返事をすると、ドアが細く開いて綾部が部屋を覗き込んできた。

「具合、どうです？」

「大丈夫。そっちはどう？」

「ええ。諸々滞りなく進んでますよ。ご心配なく」

綾部がうなずいて言う。

「何か欲しいものあります？」

「今は、特には」

「遠慮なんていらないですよ？　大事な体なんですから」

「ふふ、ありがと。でもまだどうなるか」

「わからなくても、もう妊娠しているつもりで過ごしてくださいね」

そう言って綾部が、優しげな笑みを見せる。

「俺のことは引き続き、パートナーだと思ってもらっていいですから。どうか何も気兼ねなんてしないでください、英二」

「……っ」

恋人ではなくパートナーと言われて、なんだかドキドキしてしまう。

調査をこなしながら時折顔を見せてくれ、食事を運んでくれたりあれこれと気遣ってくれている綾部は、まるで恋人から夫になったかのようだ。

行為のさなか、お互いに好意を抱いているのではと感じただけに、つい想像してしまう。このまま本当に付き合ったら、二人の関係はどんなふうになるのだろう、と。

「夕方、また来ますから。夕食のご希望があればメッセージをくださいね。それじゃ、あとでまた」

綾部がそう言って、去っていく。

いつになく甘い気分で、英二は閉じたドアを見つめていた。

（俺、綾部と付き合いたいと思ってるのかな）

会社の後輩で、オメガに対する偏見のない、明るく朗らかなアルファ。

恋愛も知らないままいい年になり、とにかく子供だけでも産んでおきたい、なんて焦っていた英二に、協力してもいいと言ってくれ、恋人のように抱いてくれた綾部。

彼のおかげで英二はオメガとしての悦びを知り、発情した体に子種を注いでもらうこともできた。妊娠しているかどうかはまだわからないが、綾部との時間は、英二にとってもはや妊活だけのためのドライなものではなくなっている。

もっと、綾部と一緒にいたい。仕事とベッドでの顔だけでなく、もっと様々な彼を知って、深く心を通わせ合いたい。

できるなら、本物の恋人同士に――――。

『……主任、起きてますか？』

「っ……！」

甘い空想に浸っていたら、いきなり声をかけられたから、危うく叫びそうになる。

寝たり起きたりしている間に時間は過ぎ、気づけばそろそろ夕方だ。

食事のことはまだ何も考えていなかったし、なんだか頭も顔も茹だっていて、心なしか発情フェロモンが濃くなっている気がする。

綾部を惑わせてしまっては困るし、しばし寝たふりをしておこうと思い、壁のほうを向いて寝たふりをしていると、かすかにドアが開いた音がした。

ややあって、英二が寝ていると思ったのか綾部がドアを閉めたので、火照った顔をパタパタと手で扇いでいると。

（……？　人の声……？）

ドアの向こうから、綾部が誰かと話している声が聞こえる。

応接かリビングに誰か来ているのだろうか。なんとなく気になったから、ドアのところまで行って耳を澄ませる。よく聞こえないが、男性の声がしている……？

『……はあっ？　いきなり来週からって！　どんだけ人使いが荒いんだよ、あの人はっ』

いくらか苛立った様子の、綾部の声。

何事かと気になって細くドアを開け、隙間から覗いてみると、応接とリビングの間に綾部が立っているのが見えた。その向こう、スイートルームのドアを背にして、別の男性が立っているのが確認できたのだが……。

（あの人、確か前に……？）

眼鏡をかけた、スーツ姿のベータ男性。綾部と英二がエレベーターに乗り込んだときに、鷹城会長と一緒にいた男性だ。どうして彼がここに。

「会長は、今回の件に大変満足しておいでです。さすがは充様だと」

「お世辞を付け加えなくてもいいよ、長谷川《はせがわ》さん。あと様づけもやめてくれ、落ち着かないから！」

綾部がぴしゃりと言うが、長谷川と呼ばれた男性は小さく笑っただけで、訂正する気はないみたいだ。

綾部は社長会の下部組織の命で動いていたということだけしか言わなかったが、やはり橋本が言っていたとおり、鷹城会長の直接の部下なのだろうか。

綾部が小さくため息をついて続ける。

「にしても、いくらなんでも来週から二年行ってこいはないだろ！　何考えてんだ！」

「ドバイは戦略拠点ですから。充様……、ああ、いえ、あなたになら安心して任せられると、これは本当にそう仰っていましたよ。秘書として、私も同意いたします」

(ドバイに、二年っ？)

思いがけない話に驚かされる。

ドバイは中東の一大経済都市だ。長谷川の言葉どおり、会社の海外拠点の中でも最重要拠点と言っていい。そこへいきなり異動させられるなんて、それは確かに急すぎるかもしれない。

だが、そんな命令が下されるということは、鷹城会長がそれだけ綾部を信頼しているということだろう。二年間というのも、若い綾部にはさほど長くはないと思うし、誰にでも巡ってくるチャンスでもない。しばらく会えなくなるのは少し寂しいが、今後の綾部の仕事のキャリアを考えたら、思い切って行ってみたらいいのに、と思う。

綾部が、考えるように小首をかしげて言う。

「二年が妥当だってのはわかる。きっちりこなせばそれなりの数字を上げられるとは思うよ。けど、俺も日本でやるべきことが……」

「ご存じとは思いますが、会長には抵抗勢力が多いのです。鷹城家のご当主としてもグループのトップとしても、今が正念場と言っても過言ではないでしょう」

長谷川が言って、噛んで含めるみたいに続ける。

「あなたにもご都合はおありでしょうが、どうか支えて差し上げてはいただけませんか。あの方のただ一人の弟、鷹城充として」

(なっ……、お、弟っ……?)

衝撃的すぎる事実を聞いて、驚愕で固まった。

にわかには信じがたい話だが、綾部は長谷川の言葉に反論もせず、じっと黙って考え込んでいる。綾部という名字は偽名だったのだろうか。まさか鷹城会長と綾部が、兄弟だったなんて。

（待って……、じゃあ俺は、鷹城家の、子種をっ……？）

一大財閥を築いたアルファ純血主義の名家、鷹城家。

綾部はその血を受け継ぐアルファ男性だったのだ。

知らなかったとはいえ、そんな相手に妊活に協力してほしいと持ちかけ、何度も抱き合っていたなんて思いもしなかった。気軽に応じる綾部も綾部だと思わなくもないが、言い出したのはこちらなのだから彼一人のせいにはできない。

（もう終わりにしなきゃ、駄目だ）

彼がどういう立場の人間なのかわかったからには、今のままではいられない。

本物の恋人になってもいいのでは、なんて、そもそも綾部はそんな浮かれたことを考えられるような相手ではなかったのだ。

綾部と自分とは、絶対に結ばれることはない。どうやっても今の関係以上にはなれない。

妊活なんて言ってないで、今すぐ別れなければ。理性ではそう思うのに——。

「あ、れ……、なんでっ……」

オメガの自分は彼には絶対にふさわしくない、離れるべきだと、そう思えば思うほど、どうしてか体の芯が熱くなって、発情フェロモンがゆらゆらと湯気みたいに全身から溢れてくる。まるで体が彼を欲しているみたいだ。

立っているのが苦しくなってきたから、ベッドに戻って横になるが、腹の底がふつふつと沸き立ってきて、視界が甘い色に染まる。

理性で抑えようとしても、きっと心は真逆なのだ。綾部が好きだから、彼が欲しい。体だけでなく心も綾部を求めていて、発情フェロモンがそれに応えているのだ。

自分の本心に気づいて、まなじりが涙で濡れる。

でもそれは叶わぬ想いだ。彼に焦がれて体がどれほどわなないても、気持ちを伝えるなんてできない。綾部と自分とは、あまりにも立場が違いすぎるのだ。

芽生えたばかりで行き場をなくした恋心が切なくて、枕に顔をうずめて身悶えていると、しばらくしてドアがノックされた。

返事もできずにいると、ためらいがちにドアが開いて、綾部が声をかけてきた。

「主任、なんか匂いが強くなってますけど、大丈夫ですか？」

「う、ん」

「本当に？　保冷剤か何か、いります？」

綾部が言って、心配そうにこちらへとやってくる。

こんなふうに彼に面倒を見てもらうのも、本当はおこがましいことなのだ。彼の正体を知ったのだから、今すぐ身を引くべきだ。もうここで終わりにしなければ。

そう思いながらも、発情した体はますます熱くなる。英二は頼りなく顔を上げて、綾部を見上げた。

（……あ……）

発情フェロモンに煽られぬよう、少し距離を取ってそばに立ち、気遣わしげにこちらを見つめている綾部。その端整な顔を見ただけで、体がトロリと潤むのがわかった。

もしも運命の番などというものが本当に存在しているのなら、自分にとってそれはきっと彼に違いない。そんなふうにすら感じるほどに、身も心も綾部に惹かれている。

だが、駄目だ。綾部は気軽に好きになったりしては駄目な人だったのだ。

もうこれ以上、深くかかわっては――――。

「……あの、主任。実は俺、異動になるみたいです」

彼にどう別れを切り出せばいいのだろう。

回らない理性で考えていた英二に、そんなこととは知らない綾部がぼそりと告げる。

「それも来週から、いきなりです。場所、どこだと思います？」

「……ど、こ？」

「なんと中東のドバイ、それも二年間ですって！　まったく理不尽ですよねえ、会社組織ってところは！」

綾部が目を丸くして言う。

先ほど聞いたとおりだが、綾部は思いのほか楽しげな顔をしている。断るとか期間を交渉するとか、そういうつもりはないみたいだ。理不尽と言いつつも、もう行くと心を決めているのだろうか。彼の兄である、鷹城会長のために……？

（でも、自分の立場を俺に明かすつもりは、ないんだな）

たまたまあんな形で知ってしまったけれど、周りにも英二にも、綾部は自分の素性を明かす気はないみたいだ。結婚もしていないオメガの子作りに協力するなんて、血筋からしたらとんでもないことであるはずなのに。

「……そんなわけなんで、その……、もう一度、抱いても？」

「えっ……？」

「ほら、ここでちゃんとキメとかないと、俺遠くへ行っちゃうんで。一回じゃちゃんと妊娠できたかどうかわからないでしょ？」

綾部がそう言って、英二の発するフェロモンの匂いをスッと吸い込み、こちらへ近づいて横たわる英二に身を寄せてくる。

これ以上かかわったら駄目だ、妊活は中止して抑制剤を飲むべきだと、理性はそう告げてくるのに、優しく口づけられただけでこちらも欲望にのまれる。

寝間着の上から体をまさぐられたら、もうそれだけで体がかあっと熱くなって、激しい欲情で身がぶるぶると震えた。

拒まなければと思うのに、体はどこまでも綾部を求めている。もう一度抱いてほしい、腹の中いっぱいに白濁を流し込まれ、彼をキュウキュウと食い締めながら達き果てたいと、それだけを願っているのだ。

劣情でハアハアと息を荒くし始めた英二に、綾部が甘くささやく。

「可愛いよ、英二。俺にもっとあなたを愛させて」

「充っ……、ぁ、んっ……」

秘密を覆い尽くす口づけが、英二の理性を吹き飛ばす。

湧き上がる欲望のままに、英二は綾部にしがみついていた。


翌日の夕刻のこと。

品川駅のコンコースで、綾部が軽く頭を下げて言った。

「お疲れさまでした、主任」

「綾部こそ、お疲れ。ていうかまあ、俺は半分寝てただけだけど」

「すぐおさまってよかったですよ。明日から忙しそうだし、リフレッシュできたと思えばいいんじゃないですか？」

朝起きたら、発情はほとんどおさまっていた。研究所の件も一応一段落したので、英二と綾部は夕方の便で羽田空港に着き、乗り換えのために品川まで一緒に帰ってきたところだ。

綾部の異動の件はすでに内示が出ているので、明日出社したら早速引き継ぎに追われるだろう。何せ来週にはドバイへ出発してしまうのだから。

「にしても、二年かぁ。きっと長いようで短いんだろうな」

綾部が言って、声を潜めて続ける。

「戻ってきたら、もう子供がよちよち歩きしてるかもしれないんですね？」

「……かもね」

急な異動のせいで、英二が妊娠したかどうかがわかるのは、綾部がドバイに行ってしまったあとになる。どうなるにしろ、今すぐでないのは少しだけ気が楽だった。

子供が欲しくて綾部とこういう関係になったのに、妊娠していないほうが彼の将来にとっても自分にとってもいいのではないか、という気持ちも心の隅にあって、綾部を目の前にしていると自分がひどく身勝手な人間のように思えてつらいのだ。

一人になってもそれは同じだというのは、もちろんわかってはいるのだけれど。

「あの、主任?」

「……ん?」

「その……、あなたから求められない限り、俺のほうから何かの権利を主張したりは、しないつもりですけど」

綾部が、ためらいを見せながら言う。

「やっぱり、気にはなるんで。よかったらどうなってるか、ちょこちょこ教えてもらっても?」

「ああ、うん。もちろん、そのつもりだよ?」

そう答えると、綾部がほんの少しほっとした顔を見せた。

けれどどうしてかそのまま、何か言いたげにこちらを見つめている。

まだ何か気になることでもあるのだろうかと、小首をかしげて見返すと、綾部がどこか真剣な目をして切り出した。

「あの……、主任。俺、戻ったら主任に、話したいことがあるんです」

「話……?」

「はい。とても個人的な、でも大切なお話です」

そう言う綾部の顔が何やら思い詰めたみたいな表情だったから、ドキリと心拍が跳ねた。

それは彼の出自に関することか、あるいは英二に対するなんらかの感情なのか。

戻ったら、などと言わず今すぐ聞きたいと言いたい気持ちはあるが。

(もう、聞かないほうがいいのかも)

だって綾部は、鷹城家の人間なのだ。もしも彼の中に何か特別な思いがあるのだとしても、これ以上心を通わせるわけにはいかない。

それは子供ができていようと、そうでなかろうとだ。

「……そのときが来たら、聞かせてもらうよ。でも今は、あまり先のことは考えないほうがいい」

英二は素っ気なく言って、職場の先輩らしく見えるよう、真面目な顔で続けた。

「しばらくはこっちのことは忘れて、仕事に集中したほうがいいと思うよ。何せ海外だしね」

「主任……、でも、俺」

「急な異動を命じられるってことは、それだけ期待されてるってことでしょ？　オメガの俺には来ないようなチャンスなんだし、ちゃんとものにしなきゃ」

英二の言葉に、綾部が一瞬ハッとして、ややあって何か思い至ったような顔をした。

それからいつもの表情に戻って、うなずいて言う。

「……そうですね。主任の言うとおりだと思います。今回の異動には、俺の今後がかかってるんで」

それはそうだろう。どういう事情で正体を隠しているのかはわからないが、鷹城会長に直々に仕事を命じられているのだ。失敗などは許されないに違いない。

仕事面はもちろん、プライベートでのスキャンダルだって御法度のはずだ。

やはり自分は、もう綾部とはかかわらないほうがいい。

話せば話すほど、そう思えてくる。

「じゃ、綾部。また明日ね」

「はい。また、明日」

想いを秘めたまま、何事もなかったように別れる。

それがお互いのためなのだと感じながら、英二は綾部を見送っていた。


翌週、綾部は新天地へと旅立っていった。

英二の下には井坂がついて、また一から外回りの調査の仕事を教えることになった。

それは優秀なアルファが配属されてくるたび、何年も前から繰り返されてきたことで、英二にとってはある意味、今までどおりの毎日が戻ってきたという安心感もなくはなかった。これで妊娠していなかったら、ただ初めての恋を失ったというだけのことだ。

でも妊娠していたなら、この先の身の振り方を考えなければならないかもしれない。

子育てをしながら働く制度は整っているから、仕事を続けることは前提だとしても、綾部の素性を知った上で今のまま会社で働き続けられるかといえば、正直あまり自信がない。

今後は綾部と顔を合わせることがなく、また本人がずっと身分を隠し通すつもりでいるのなら、素知らぬ顔をして社員でいることはできるかもしれないが――――。

「英ちゃん、帰ったわよー」

「あ、はーい」

綾部が異動して一カ月後のある日のこと。

玄関から伯母の聡子の声が聞こえたので、英二は昼食を作る手を止めた。

今日は母和子が退院してくるので休みを取ったのだが、例によってオメガの息子よりアルファの親戚が行くほうが何かと話が早いので、伯母夫婦に迎えをお願いしていたのだ。

台所から廊下に出ると、和子がたたきに立っていた。久しぶりの我が家だからか、こちらを見上げて感慨深げに言う。

「ああ、ただいま、英二。やっと家に帰ってこられたわー」

「よかったね、母さん。お二人とも、付き添いと手続きありがとうございました」

和子に付き添ってくれた聡子と正志に頭を下げると、正志が軽く手を振った。

「気にしないでくれ。和子さん、疲れてないかい？」

「ええ、なんとか」

「寝室に母さんの布団敷いといたから、横になれるよ？」

「ありがとう。でも、みんなとちょっと話したいな」

「じゃあ先にお昼にする？　天ぷらうどんの用意してたんだ。伯母さんたちの分もあるし、一緒にどう？」

「いいわね！　じゃあごちそうになっちゃおうかしら。ね、あなた」

聡子の返事に正志がうなずいたので、英二は台所に戻った。

退院したら天ぷらうどんが食べたいと和子に言われていたので、エビ天とかき揚げの準備をしていたのだ。もっとも、英二は朝からなんとなく体調が優れないので、かけうどんでいいかなと思っているのだが。

「……ええっ！　ちょっと、それ、どういうことっ？」

揚げ油を火にかけたところで、聡子の頓狂な声が聞こえてきた。どうしたのだろうと居間を覗くと、座椅子にもたれかかるように腰かけた和子が、困ったように言った。

「どう、って、そのままよ。団地を引き払っておじいちゃんが残した田舎の家に住もうかなって」

唐突な話に驚いてしまう。そんな話、今まで一言も聞かされてはいなかった。どうしていきなり田舎の家に住むなんてことを……？

「入院してる間、いろいろ考えたのよ。都会は便利だけど、私はやっぱり、この先は田舎で静かに暮らしたいなって」

「で、でも、和子、それって一人暮らしってことでしょ？」

「助成金とか、ちゃんと調べたから大丈夫よ。田舎は助産師も少ないし、細々とでも仕事ができればやっていけるわ」

「待って、仕事もするつもりなのっ？　そんな、病気をしたばかりなのに」

「そうだよ、和子さん。しばらくは養生しなきゃ」

「仕事はおいおいそうしようかなって考えてるだけ。それに養生なら、やっぱり田舎のほうがいいでしょ？」

聡子や正志が何を言っても、和子はもう決めてしまったみたいで、行く気満々の様子だ。

こうなると反対しても行ってしまうのが和子なのだが、やはり英二としては、病み上がりの母親に一人暮らしをさせるのは不安だ。

といって、田舎の家から本社勤務は無理だし、希望を出して支社に転勤できたとしても通うには遠い。田舎の家と支社の間くらいに部屋を借りれば、休みの日に様子を見に行くことくらいはできるかもしれないが……。

「とにかく、和子は少し落ち着いて。体調が戻ってからゆっくり考えても……、って、ちょっと英ちゃんっ？　油の匂いがするけど大丈夫っ？」

「あっ」

火にかけていた油から煙が上がりかけていたから、慌てて戻って火を止める。

油臭い煙を吸い出そうと換気扇を強めた、その途端。

「……ぅうっ」

いきなり胃がむかむかして、吐き気がこみ上げてきたので、手で口元を押さえた。

香ばしい、いつもなら食欲をそそる油の匂いが、どうしてか鼻につく。空腹ならなおさらいい匂いだと感じるはずなのに。

（……え、これって、もしかして……）

気分の悪さに思い当たるものがあったから、英二はさっと自室に行き、密かに購入しておいた妊娠検査キットを持ってトイレに駆け込んだ。

震える手でパッケージを開け、説明書きのとおりに尿検査をしてみると。

「……あ……」

反応は陽性。一瞬驚いて、息が止まったけれど――。

「……はは、そっか……。俺、そうなのか……!」

子供ができていなかったらいいと、あれから何度かそう思った。でもこみ上げてきた喜びが余りにも大きくて、英二は知らず涙を流しながら、声を立てて笑っていた。

綾部の子供。初めてちゃんと好きになったアルファの男の子供。

大切な新しい命が、英二のオメガ子宮に宿っている。それがこんなにも幸福で、嬉しいことだなんて。

(やっぱり綾部に、知らせたい)

自分の立場を考えたら、恐れ多いことだとわかっている。けれど妊娠の喜びは、ほかの誰でもなく彼と分かち合いたい。だって、彼はこの小さな命の父親なのだ。

秘するべきことではあるが、綾部が遠くにいる二年の間なら隠し通せるかもしれないし、その間に何か状況が変わるかもしれない。

英二はそう思い、トイレを出て自室に戻った。

居間ではまだ、聡子と正志が和子に引っ越しをやめさせようとあれこれ話しているのが聞こえるが、妊娠の事実を告げるのは、まず一番に綾部に話してからにしよう。

「……あれ、井坂？」

綾部に連絡しようと持ち上げた携帯に、井坂からの留守番電話メッセージが吹き込まれていた。何かあったのだろうか。

『――あ、井坂です、お疲れさまです！　お休みのところすみません！　ビッグニュースがありまして！』

録音を再生すると、井坂の元気な声が聞こえてきた。ビッグニュースって……？

『異動した綾部さんのことなんですけど、あの人、実は鷹城家の御曹司だったらしいんですよ！』

「っ！」

『もうみんなびっくりですよ！　ドバイに行ったのって、実は現地法人の副社長としてだったんですって。で、広報部がその話を今度の社内報に載せたいから、木下主任にインタビューしたいそうです。なので明日出社したら、広報部に連絡を――』

聞いているうちに、徐々に井坂の言葉が頭に入らなくなってきて、英二はへなへなとその場に座り込んだ。

綾部が何者なのか、どうやらもう、広く知られてしまったみたいだ。

(駄目だ。やっぱり子供ができたなんて、言えない……)

綾部は由緒正しいアルファの家系である、鷹城家の人間だ。

当主であり鷹城グループの会長でもある鷹城克己の弟で、兄からの信望も厚く、海外の重要拠点の副社長の地位に就いたばかり。二年間という期限が来て戻ってくれば、おそらくグループ企業のどこかに重役として就任することになるのだろう。

いわば選ばれしアルファなのに、こんなタイミングで隠し子ができたかもしれないなどともしも誰かに知られたら、確実に将来に響くだろう。

しかもオメガの、結婚もしていない相手との子供だなんて。

「……俺が身を引くしか、ないじゃないか」

元々この妊娠は英二自身のエゴなのだ。綾部に父親として一緒に育ててほしいという希望は、はなから抱いてはいない。

だったら自分と子供が綾部の前から消えれば、それですべてうまくおさまるはずだ。綾部の成功の邪魔をしないよう一人で子供を産み、存在を隠して育てていくことが、英二自身のけじめであるとも言える。いったいどうすれば……。

(母さんと、田舎に行くか?)

会社を辞めて、和子と田舎の家で暮らす。現実的にはそれが最もいい選択肢だろうか。助産師もそうだが、バースカウンセラーも田舎には少ないし、二人で働けばなんとかなるはずだ。子供が生まれれば行政の支援もある。

でも、綾部とはもう会えない。子供を父親に会わせてやることもかなわない。哀しさと申し訳なさで胸が張り裂けそうだけれど、それもこれも、子供だけ欲しいだなんて思ったことの罰なのかもしれない。

なんだかそうも思えてくる。

(この子だけは、俺が守る。大切に、育てていく)

ある意味、それが最もオメガらしい生き方なのかもしれない。この年で子供を授かった喜びだけを噛み締めて、静かにつつましく生きていこう。

英二は決意して、みんなに話をしようと居間へ向かった。

◆ ◆ ◆

それから、一年が過ぎた。

「……英二さん、お仕事中すみませんが、よろしいですか？」

「はい、なんでしょう、シズさん？」

築七十年、曾祖父が建てた日本家屋の、四畳半ほどの小さな書斎。

古い木の机にノートパソコンを置き、二か月前に開設したばかりのオメガ向けネット相談サイトに寄せられたメールに目を通していたら、家政婦のシズさんに声をかけられた。

昔ながらの白い割烹着に買い物かご、というレトロないでたちで、シズさんが言う。

「弦《ゆづる》ぼっちゃまがねんねしましたのでね、お買い物に行ってこようと思うのですけど」

「あ、わかりました。リストは母が出勤前に置いていってくれたので、お願いします」

英二が答えると、シズさんはにこりと微笑んでうなずき、スッとふすまを閉めた。

ややあって、庭の向こうの細い道を軽自動車で走り去る音が聞こえたから、きっと今日は家から三分ほどのバス停近くの雑貨店ではなく、山の向こうのスーパーまで行ってくれるのだろう。

シズさんは和子よりも年上の六十代半ばのベータ女性で、行政のオメガひとり親支援政策の一環で、生活支援員として半年前から週に五日、この家に通ってきてくれている。

生後四か月の息子、弦を抱えて、山間の田舎町でネットカウンセリングの仕事を始めた英二にとって、とても頼りになる女性だ。

庭に面した八畳間に行くと、ベビーサークルの中に敷かれた布団の上で、弦がすやすやと眠っていた。

「……ふふ。ミルクたっぷり飲んで、眠くなったのかな」

愛らしい寝顔に、知らず笑みが洩れる。

弦はアルファで、和子が勤めている助産院で生まれたときには三〇〇〇グラムほどだったが、体重はもう倍になった。今のところ夜泣きもせず、ミルクもよく飲み、とてもすくすく育っている。目鼻立ちがはっきりした顔は綾部によく似ていて、手足もとても大きいから、きっと彼のように立派な体躯のアルファ男性に成長することだろう。

(綾部、元気でやってるのかな)

妊娠がわかってすぐ、英二は会社に退職願を出した。

綾部とは連絡を絶ち、余っていた有給を消化し始めた頃からは、会社の人ともなるべく連絡を取らないようにして、退職後すぐに団地も引き払った。

英二が子供を生んだことも、今ここで和子と三人で暮らしていることも、会社の知り合いは誰一人知らないだろう。

なんだか少し薄情な気もしたが、そうでもしなければ弦の存在を隠すことはできなかった。自分にも未練が残ってしまうような、そんな気もしたから――。

「……ん？　車が、来た？」

山の向こうから続く道を、見慣れない車が走ってくる。

脇を通り過ぎて道なりに隣町のほうへ行くのかと思ったら、こちらへ向かって細い道を入ってきたから、この家に向かっているのだとわかった。でも、いったい誰が……？

「こんにちは。木下英二さん、ですね？」

庭の脇に車を止め、中から出てきたのは、スーツ姿の男性だった。

英二の名前を知っているらしい、この眼鏡をかけた男は、確か。

「……あ。あなたは、鷹城会長の？」

「おや、ご存じでしたか。秘書の長谷川です。突然ですみませんが、少々お話したいことがありまして。そちらに伺っても？」

鷹城グループ会長、鷹城克己の秘書。

特区まで、綾部に急な異動を告げに来た男だ。

何事かといぶかりつつもうなずくと、長谷川が庭を横切り、縁側まで来て言った。

「ああ、そのお子さんが、弦君ですね？」

「っ？」

「寝顔を見ただけでもわかります。充様に、よく似ていらっしゃいますね」

世間話でもするみたいにそう言われたから、思わずヒヤリとした。

ハッタリなのか、それともどこからか嗅ぎつけてきたのか。否定しようと口を開きかけると、長谷川がさらに言った。

「実は充様は、もうすぐ帰国する予定なのです。当初の予定よりも早いのですが、鷹城家にお戻りになり、グループ企業の社長に就任することになりまして」

「え……、そう、なんですか？」

「はい。ついては弦君を引き取って、一族の一員としてそばに置いて育てたいと、そう希望されています」

「……！」

思いもかけない話に、思わず絶句する。

まさか綾部がそんなことを言い出すなんて、想像もしなかった。英二から求められない限り、何かの権利を主張したりはしないつもりだと言っていたのに、子供が生まれたと知ったら気が変わったのだろうか。

なんだか信じられない思いだが、綾部からしたら英二に一方的に連絡を絶たれ、行方をくらまされたのだ。もしかしたらそのことを、彼は怒っているのかもしれない。

長谷川がこの家と弦の存在を知っているのなら、きっと綾部だって知っているはずで、それなのになんの連絡もよこさないのだから、きっと綾部は英二にあまりいい感情を持っていないのだろう。それは仕方のないことではあるが、でも……。

(弦を取られるなんて、嫌だ)

ある意味自分の身よりも大切で、心から愛おしい息子だ。

綾部への恋心を諦めた英二にとっては、想いの結晶だと言ってもいい。

弦を奪われたら、何をよすがに生きればいいのかわからない。

とにかく否定しなければ。英二は首を横に振って、おずおずと言った。

「違います……、この子の父親は、彼では……」

「おやおや、何を言い出すかと思えば。否定しても調べればすぐにわかることだと、バースカウンセラーのあなたならご存じのはずでは？」

長谷川が言って、眼鏡の奥の目を冷ややかに細める。

「鷹城家は由緒あるアルファの家系です。婚姻もアルファ同士、跡を継ぐことができるのも、アルファだけ。あなたは、その高貴な血筋のアルファ遺伝子を不当に掠め取ったも同然なのですよ？」

「そ、そんなこと」

「ですがまあ、お気持ちはわかります。タダでよこせと言われてハイどうぞとはいかないですよね」

そう言って長谷川が、薄く微笑む。

「一億でいかがです？」

「は……？」

「鷹城家でお子さんを引き取るに当たって、まずは一億円お支払いすることができます。足りなければもっと出せますが、当座の支度金としては十分かと……」

「なっ！　ふざけないでください！　俺が金で子供を売るとでも思ってるんですか！」

「そうですか？　でも、ここは町の土地ですよね？　何代か前に町長の厚意で借りたと聞いていますが、契約書もないままだとか。この先もずっと住める保証はないのでは？」

「……あなたは、そんなことまで……！」

あからさまな脅しの言葉に、怒りがこみ上げてくる。

自分はまだしも、和子がここに住めなくなっては困る。まさかこれも綾部の指示なのか。

彼がこんな卑劣なことを……？

（いや……、おかしいだろ、さすがに）

英二が黙って去ったことを怒っているにしても、こういう話を誰かに代わりにさせるのは、なんとなく綾部らしくない気がする。

それに、もしも綾部が本気で弦の親権を取りにきているのなら、何よりもまず、自分が父親であることを訴え出て、「バース安全管理法に基づく保護申請」をすべきだろう。

こんなふうに脅すような手段を使った雑なやり方で子供を奪おうとしても、普通は勝てるはずがないことを、彼は知っているはずだ。

ということは、綾部の命令ではないのかもしれない。

では鷹城会長の企てなのかといえば、それも違うような気がする。

鷹城会長の人柄を知っているわけではないが、エレベーターで話したときの印象からすると、なんというかもう少し、スマートなやり方をするのではないかと思える。

とすれば――――。

(この人の、独断なのかも)

英二は、弦に関する公的な届け出のどこにも綾部の名前を出していない。

父親が誰なのか、妊娠がわかったときに家族からは訊かれたが、和子はもちろん親族の誰にも打ち明けてはいないし、綾部本人がそう宣言したのでもなければ、誰が父親なのか他人にわかるはずがないのだ。

もちろん綾部がぽろっと二人の関係を洩らした可能性もあるし、状況からそう推察したのかもしれないが、いずれにしてもその真偽を、他人の長谷川が勝手に調べるなんてできるはずもない。

つまり長谷川の話は、すべてハッタリの可能性がある。

理由はわからないが、なんらかの事情で弦を手元に置く必要があり、それで焦ってこんな話を持ちかけてきたのだとか……？

（どっちにしても、弦は誰にも渡さない……！）

大切な我が子を、なんとしても守らなければ。

英二は長谷川を真っ直ぐに見据え、毅然と言った。

「何か、思い違いをなさっているようですね、長谷川さん。もう一度申し上げますが、この子の父親は綾部……、いえ、鷹城充さんではありません。どうかお帰りください」

「木下さん、しかし、あなたは……」

「これ以上おかしなことを仰るのなら、警察に通報しますよ！」

強い口調でそう言うと、長谷川が眼鏡の奥の目を細めた。交渉の余地なしとみたのか、小さくうなずいて言う。

「……そうですか。では今日のところは帰ります。ですが、後日また改めてお話させていただきます。突然失礼しました」

にこりともせずに長谷川が引き下がる。

来た道を去っていく彼の車を、英二は苦い思いで見ていた。


三つのバース性がこの世に誕生したのは、今から数百年前のことだ。

鷹城家はその時代から続く由緒あるアルファの家系で、この国の経済を支える一大財閥を築き上げた。

一族はすべてアルファで、比類なき名家といわれているのだが――。

「うわ、結構出てくるな、えげつない話が！」

その夜、ふと思い立ってネットで鷹城家について調べていたら、いくつか気になる話を見つけた。

『消されたベータ親族　抹消された出生記録』

『内妻の悲劇　アルファにあらずは人にあらず』

『「子供を返して！」独占入手！　T財閥に子供を奪われたオメガ、Aさんの手記』

古いゴシップ記事であったり、あるいは伏せ字で書かれた告発記事だったり。

いくらか時間をかけて検索したら、鷹城家の輝かしい歴史に影を落とすような逸話がぽろぽろと出てきたから、驚いてしまった。

もちろん、そのすべてが本当のことなのかはわからない。

だが、昼間の件が長谷川の独断だったとしても、まったくの嘘を一から作り出すのはなかなか難しいことだ。もしかしたら、鷹城家があいうやり方で一族の血を引く子供を迎え入れた事実が、過去に本当にあったのかもしれない。

アルファだけの家系と言いながら、その陰にベータやオメガの母親や子供が存在していたというのも、いかにもありそうな話だ。彼ら彼女らは鷹城家の血統を守るために歴史の表舞台から消し去られただけなのではないかとも思える。

そんなふうに考えたくはないが、アルファ性の子供である弦を綾部が奪おうとしている可能性も、ゼロではないのだ。

いっそ綾部に連絡して問い詰めてみようかと、そう思ったけれど。

(……でも、それでかえってよくない結果になったら?)

綾部が弦の存在をちゃんと知っているかどうかわからないのだから、英二が慌てて綾部に連絡することこそが長谷川の狙いなのかもしれないし、そのせいで綾部に迷惑がかかるようなことになっては元も子もない。

そもそも、今さらどんな顔をして綾部に連絡したらいいのか、正直それもわからないのだ。

英二は綾部の素性を知り、妊娠がわかった一年前、子供ができたことを告げずに彼と連絡を絶った。

未来ある彼の負担になってはいけないと思ってのことだったが、それはある意味とても傲慢なことだった。

妊活していたときは正直想像がおよばなかったのだが、自分だけでなく彼にとっても、生まれる子供は己が血を引く命の結晶だ。あのときどんな約束をしていたにせよ、彼が我が子をそばに置いて育てたいと思うのは、ごく当然のことだろう。親として抱いて当然の望みを一方的に断ち切った英二に対し、強い憤りを感じることもだ。

そう思うと、今さらながら心が痛い。

綾部のことが好きだと、英二はあのときちゃんと自覚していたし、もしかしたら彼もこちらのことを想ってくれているのではないかと、うっすら感じてもいた。

それだけに、嫌われたかもしれないと思うとやはり哀しい気持ちになる。

(家柄がどうとか、ほんとはどうでもいいことだったのに)

あのとき、「鷹城家」という血筋に、英二はおののいてしまった。

今にして思えば、それでも気持ちをきちんと伝えていればよかったと思う。

バース性がどうだからという偏見に、ずっと抗ってきたつもりだったのに、鷹城家の人だと知ったがゆえに想いを告げることをせず、身を引かなくてはなどと思った。英二もまだまだ偏見にのまれていたということだ。

本当はその気持ちが一番大事なことだったし、それがすべてだったのだ。

英二は綾部を好きだった。

妊娠がわかったときは、彼の子がお腹にいるのだと嬉しかった。

子供だけでも欲しい、と願ったことへの後ろめたさで、自ら去ることでけじめをつけたつもりだったが、身勝手な考え方だったと今は思う。それを改めて彼に伝えられるのなら、ある意味願ってもないことではあるけれど。

(とにかく、俺は弦を守らなきゃ)

そのためにできることは、なんでもしなければ。

英二はそう思いながら、モニターに映る「鷹城」の文字を凝視していた。

翌週の月曜に、英二は東京へと赴いた。

弦を守るためには、差し当たりまずは、バース安全管理法に基づく保護申請を行っておくのがいいだろうと思ったからだ。

「悪いねシズさん、付き添ってもらっちゃって」

「いえいえ。東京なんて久しぶりですからねえ、私もちょっと楽しいですわ」

近場で申請できればよかったのだが、地元を統括する福祉相談局は人員配置の関係で統合されてしまっていたため、東京まで行かなければならなかった。

英二一人よりも、子供連れで申請に行ったほうが効果的だと和子に助言されたこともあり、シズさんに付き添ってもらって弦と一緒に上京したのだ。

一年ぶりの、東京の官庁街。ベビーカーを押して歩くのは少しばかり場違いな気もするが、都会の雰囲気は嫌いではない。ひっきりなしに走る車に、弦も興味津々だ。

「ぼっちゃまも、楽しそうですねえ。ほら、あんな真ん丸な目をして！」

シズさんが目を細めて言う。

「英二さんは東京にお住まいだったのですよね？　こちらで育てようとは思わなかったのですか？」

「母さんが田舎に住むって決めてたからね。それに、できればひっそり育てたかったし」

そう言うと、シズさんはそれ以上何も訊いてこなかった。

支援のために来てくれるようになった最初の頃から、彼女が弦の父親のことを深く詮索してきたことはない。

父親捜しのようなことも、場合によってはオメガ差別と取られる場合があるから、本来はそれが礼儀なのだ。長谷川のように、子供の父親を特定して金をちらつかせるというのは無礼極まる態度だし、どう考えてもやりすぎだ。

もしかしたら、彼があしなければならなかったのには、何か事情があったのだろうか。それもかなり差し迫った、無理を通さなければならないような事情が。

「……？」

ベビーカーを押していたら、ふと誰かの視線を感じたから、あたりを見回した。

昼日中の官庁街は、スーツ姿の人が多いのだが、片側一車線の車道を挟んだ向かい側の歩道を、少し雰囲気の違うカジュアルな格好の男が二人歩いている。

体格的にはベータか。二人ともサングラスをかけているが、さっきからなんとなくこちらをチラチラと見ているような気がする。

知り合いではないと思うし、気のせいだろうか……？

「……失礼、これを落とされたのでは？」

「……っ！」

不審に思いながら歩いていたら、不意に背後から小声で声をかけられたから、思わずべビーカーを止めて振り返った。

するとスーツ姿の大柄な男が小さなハンカチを持って立っていたのだが、見覚えのないものだ。英二は首を横に振って言った。

「うちのではないみたいです」

「そうですか？　もう少しよく見て」

「……？」

促され、おずおずと覗き込んだ、次の瞬間。

「うっ！」

いきなり口にハンカチを押し当てられ、体をぐっと抱き寄せられて、目を見開いた。

もがいて逃れようとしたが男はびくともしない。

うーうーとうなっていると、男の歩いてきた方向からワゴン車が走ってきて、英二が立ち止まったのに気づかず少し先を歩いていたシズさんとの間を裂くように、歩道に乗り上げてきた。

「ん、んっ？」

ワゴン車の中から男が二人出てきて、一人がベビーカーから弦を抱き上げ、もう一人がベビーカーを畳んで車に載せる。

まさか、弦を誘拐しようとしているのかっ――――？

（あ、れ……？）

弦を取り返そうと手を伸ばしたが、どうしてだか急に気が遠くなって、膝から力が抜け始めた。我が子を守らなければと思うのに、目の前が真っ暗になってしまい……。

「……な！　ちょっとなんなのあなたたちっ！　何をやって……！」

シズさんの声が遠くに聞こえる。

それを最後に、英二は気を失っていた。

赤ん坊が目覚めたらしい、ふにゃふにゃとした声が聞こえる。

弦の声だと瞬時に察して、寝ぼけた頭が覚醒する。そろそろミルクの時間だろうか。

でも今日は確か平日だ。シズさんがいるはずだと、まどろみながら考えたそのとき。

「……ん？　電話……？」

隣の部屋なのか、どこかから電話が鳴っている音が聞こえてくる。

出たほうがいいだろうかと、瞼を開けると。

「……はっ？　どこだここ！」

海と大きな橋、その向こうに立ち並ぶビル群。横たわっていたベッドから見えた、大きな窓の向こうの景色がどこだか認識できず、一瞬混乱しそうになる。

しかしよくよく見てみれば、橋はレインボーブリッジだ。とすると、ここはお台場あたりだろうか。ついさっきまで、官庁街に居たはずなのに……？

「そうだ、弦はっ……！」

道の向こうの二人組を気にしていたらおかしな男に声をかけられ、それから車が来て、スッと気を失った。

先ほどの出来事を思い出して血の気が引く。慌てて跳ね起きて周りを見回すと、足元のほうにベビーベッドがあり、弦がひょこひょこと手足を動かしているのが柵越しに見えた。

駆け寄って様子を確かめると、弦の丸い目がこちらをとらえ、あーうーと可愛らしい声を立てた。そっと抱き上げ、怪我をしていないかあちこち確認してみるが、どこもなんともなく、普通にご機嫌だ。

心から安堵しつつも、わけがわからない状況に恐怖感がひたひたと迫ってくる。

ここはマンションかどこかの一室のようだが、どうしてこんなところにいるのだろう。

まさか二人して連れ去りに遭ったのかっ――――？

「……まだ鳴ってる。いったいどこから……？」

鳴り続ける電話が気になり、弦を抱いたまま部屋を出ると、短い廊下の向こうにリビングらしき部屋があった。キッチンのそばの台に置かれた固定電話が鳴っていたので、ナンバーディスプレイを見てみると。

「『長谷川携帯』って……、もしかして、あの長谷川っ？」

恐る恐る受話器を持ち上げると、聞き覚えのある声が聞こえてきた。

『こんにちは、木下さん。お目覚めですか？』

「あなた、は？」

『先日お宅にお邪魔した長谷川です。おわかりになりますか？』

やはり、鷹城会長の秘書の長谷川のようだ。

もしや彼が、さっきの男たちに英二と弦を誘拐するよう命じたのだろうか。

「あの、もしかしてあなたが、俺と弦をここにっ？」

『はい』

「何をやってるんですか、あなたは！　こんなこと、信じられない！」

『申し訳ありません。緊急事態で、やむなく強硬手段に出てしまいました』

「緊急って、どういうっ……？」

『詳細はまだ申し上げられません。ですが、なるべく不自由のないようにいたします』

長谷川が言って、よどみのない声で続ける。

『お手数をおかけしますが、どうか数日だけそこにいてください』

「はっ？　何を言ってっ」

『何かお困りのときはこの電話をお使いください。一応私の携帯にだけ通じるようにしてあります。ただ、出られないときも……』

言いかけて、長谷川が声を潜める。

『すみません、少々都合が悪いので、いったん切りますね』

「えっ、ちょ、待ってて？」

『くれぐれもそこから出ないように。場合によっては命にかかわりますから。では』

「い、命っ？　あの、待ってっ、切らないで……！」

引き留めようとしたが、長谷川は通話を切ってしまった。

電話機を操作して折り返してみたが、電話は通じない。

我が身に起こった事柄が信じられないまま、英二はしばし立ち尽くしていた。

「開かない、か。くそうっ」

リビングのベランダへと続くテラス窓に取りつけられたロックを外そうと試みて、英二は小さく悪態をついた。玄関のドアも外からしか開かないようになっているらしく、あとはあまり大きく開かない小さな窓しかなかった。

外の風景を見る限り、ここはやはりお台場らしく、タワーマンションの1LDKの一室だ。感覚的には十階くらいではないかと感じるので、窓が開いたところで逃げ出すことはできない。携帯を取り上げられてしまったのか見当たらないので、外との連絡手段は先ほどの固定電話だけだ。

どうやら、本格的に閉じ込められてしまったようだ。

信じがたい状況におののいて、知らず体が震えてくる。

(いったい、何が起こってるんだっ？)

乳児と二人でこんなところに監禁されるなんて、まさか思ってもみなかった。街を歩いていて白昼堂々連れ去りに遭うなんて、どう考えても尋常ではない。

これも長谷川の独断なのか、それとも誰かの指示なのか。

そうだとしたらそれは誰なのか。綾部はこのことを知っているのか。命にかかわるだなんて、本当にそんなことが――――？

考えてみても、頭が混乱するばかりだ。

とりあえず、一度落ち着こう。そう思い、ふらふらとキッチンに入っていく。

モデルルームみたいに綺麗なシステムキッチンには、調理器具や食器のほか、哺乳瓶やミルクなどの授乳用品もちゃんと置いてあり、冷蔵庫には食材がぎっしり入っていた。

先ほどの寝室のクローゼットには、英二と弦のための着替えのほか、抱っこ紐やおんぶ紐、おむつなども豊富に用意されていたから、数日なら不自由はなさそうだ。

長谷川の口ぶりを総合すると、ひとまずここは安全な場所だと考えていいかもしれない。

でも、そうはいってもやはり怖い。命にかかわるなんて言われたら、どうしようもなく恐ろしくて……。

「あ……、弦、起きちゃったのかな？」

寝室から弦の声が聞こえる。弦は先ほどミルクを飲んで寝たのだが、最近は体力がついてきたので、もう目が覚めてしまったみたいだ。

寝室に行くと、ベビーベッドの中で弦がもぞもぞと手足を動かしていた。

顔を覗き込むと、弦がこちらを見てあうー、と可愛い声を立てた。

「……ふふ、ご機嫌だね。強いなあ、弦は！」

こんな状況でも、弦は好奇心たっぷりな丸い目をしてこちらを見つめてくる。

今何が起こっているのかなんてわからないのだから当然かもしれないが、健やかに育つ我が子のそんな顔を見ただけで、不思議と不安が和らいで、おおらかな気持ちになってくる。心配しなくても大丈夫だよと、勇気づけられているみたいだ。

自分が弦を守らなければと、ずっとそう思ってきた。

でも、本当に守られているのは英二のほうかもしれないという気もする。

母は強しなどというが、それは子供の親になったからではなく、子供が親にしてくれるからだ。英二の不安を吹き飛ばし、心を強くしてくれるのは、いつだって弦のほうなのだから。

(怯えてる場合じゃない。これからどうすべきか、よく考えるんだ)

命にかかわるからここから出るななんて脅されたが、まさか取って食われるわけでもあるまい。

それに、少なくともシズさんはあのときの状況を見ている。警察には届け出ているはずだ。なんとかチャンスを作って逃げ出せば、保護してもらえるはずだ。

「一緒におうちに帰ろうな、弦」

英二は弦の小さな手を優しく握って、そう語りかけていた。

「来たかな？　よし……、行くよ、弦！」

その翌日の、午後のこと。

弦を抱いて玄関前の廊下に座っていたら、玄関の外に人の気配がしたので、英二は弦をおぶって立ち上がった。

そうしてかたわらに置いておいたポリバケツを両手で持ち上げて、ドアの陰に置いた椅子の上に静かに立つ。

（大丈夫、長谷川はベータだ。相手が彼なら、俺だって……！）

昨日は結局長谷川に電話が通じなかったが、今朝何度かかけたら電話に出たので、弦が急に熱を出したから小児科に行きたい、と嘘を言った。最初は信用していないふうだったが、しつこく電話をかけ続けたら、午後に一度そちらに行きますと言われた。

彼がドアの鍵を開けて中に入ったら、バケツをかぶせてひるませ、その隙に逃げ出す。

思い描いたとおりにできるか不安だが、とにかくやってみるしかない。

ドアが開くのを息を殺して待っていると、やがてロックが外され、ノブが回った。

「えいっ！」

『うわっ？』

顔を確認するよりも早く、思い切りバケツを振り下ろしたら、中からくぐもったうめき声がした。

そのまま室内に引き倒そうとしたが、長谷川の体は思ったよりも大きく、椅子の上からでは力が入らない。こうなったら、逆に押し出すほうがいいか。

『わっ、ちょっと、何をっ』

念のために飾り棚に置いておいたフライパンを両手で持ち上げ、椅子を下りてバシバシとバケツに叩きつけると、長谷川がひるんで後ずさったから、ドンと体当たりで突き飛ばすようにして玄関の外に出た。

長谷川が尻もちをついた瞬間、目の前の廊下の先にエレベーターホールが見えたから、そちらに向かって走り出すと。

『ちょ、待って！　行かないでくださいっ……、英二！』

「えっ……？」

いきなり名を呼ばれたから、驚いてビクリとした。

なんとも慕わしい、朗らかな響き。

それだけで、まるで愛撫されたみたいに体の芯が震えたのがわかった。胸がドキドキと高鳴って、呼吸も浅くなる。

心の奥深くにしまい込んだ想いが、少しも色褪せることなく胸によみがえってきて

――。

「綾、部？」

恐る恐る玄関の前まで戻り、半信半疑のままバケツを持ち上げる。

目を大きく見開いた、綾部の端整な顔。目鼻立ちのはっきりした顔があまりにも弦に似ていたので、感嘆の声を上げそうになった。

苦笑交じりに綾部が言う。

「お久しぶりです、木下さん。めちゃくちゃワイルドなお出迎えですね？」

「ご、ごめんっ、長谷川さんかと！」

「はは、なるほど。まあ、一発ぶん殴りたい気持ちはわかりますけどね」

綾部が言って、英二の背中の弦に視線を向ける。

「その子が、弦？　お顔を見せてもらっても？」

「あ……、うん、もちろんだよ」

一年以上会っていなかったとは思えないほど自然な問いかけに、こちらも少し安堵しながらおんぶ紐をほどくと、綾部がゆっくりと立ち上がった。

腕に抱いて顔を見せたら、綾部がほう、とため息をついて言った。

「おおっ、そんなくりくりの丸い目で俺を見て……！　えっと、四か月でしたっけ？」

「いやぁ、二人とも元気そうでよかったですよ。まあ、長谷川さんが保護したって言ってたから、大丈夫だとは思ってたけど」

「保護？　え、保護って？」

「ちょっといろいろ、事情が複雑で。でももう大丈夫。俺が来たからにはどこにも連れていかせませんから！」

そう言って綾部が、まじまじと英二の顔を見る。

「ていうか木下さん、子供産んでもぜんぜん変わらないですね？　ほんといつ見ても可愛いし、いい匂い」

「そ、そう？」

「弦もめちゃめちゃいい匂い！　甘くて温かい、赤ん坊の幸せな匂いだ」

綾部は、とても穏やかな顔をしている。

弦に会いたかった、会えて嬉しいと、心から思っている顔だ。

何よりもそのことにほっとして、英二は訊いた。

「抱っこ、する？」

「いいんですかっ？」

「当たり前だろ？」

だって綾部は、この子の父親なのだから。

弦を差し出すと、綾部が目を輝かせて微笑み、英二の腕からそっと弦を抱き上げた。その手つきは少しぎこちなかったが、腕の中の我が子を本当に大切に思っているのが感じられる。確かな愛情のこもった眼差しで弦を見つめて、綾部が言う。

「やっと会えたなあ。俺が誰だか、わかるかぁ？」

からかうみたいに訊ねる綾部の顔を、弦が真ん丸な目をして不思議そうに見上げる。

英二はためらいながらも訊いた。

「綾部……、怒って、ないの？」

「え、まさか！　それを言うなら木下さんは？　いろいろ黙ってた俺に、問いただしたいこといっぱいあるんじゃないですか？」

「それは……、でも、何も言わずにいなくなったの、俺のほうだし」

「そうさせたのは俺だって、ちゃんとわかってるんで。それも含めていろいろ決着つけに来ました。あなたも一緒に来てもらえますか？」

「一緒に、どこへ？」

「もちろん本社へです。今日、社長会の日でしょ？　終わったあと親族会議をやるのが常だし、弦をお披露目しに行きましょうよ」

「えっ！　でも……」

「お世話のことなら大丈夫。頼もしい助っ人もいるしね。あ、来た来た」

綾部が視線を向けた先を見ると、エレベーターホールのほうからシズさんが歩いてくるところだった。英二の姿を見つけて、駆け寄ってくる。

「まあまあ、英二さんも弦ぼっちゃまもご無事で！　よかったですわねえ、充ぼっちゃま！」

「っ？　充ぼっちゃまってっ？　二人、知り合いなのっ？」

何が何やらわけがわからない。

シズさんは、政府のオメガ支援策の一環で行政から派遣されている生活支援員のはずだ。田舎に引っ越した当初から来てくれていた彼女だが、実は綾部と知り合いだったのか。というか、もしかして綾部が、シズさんを英二の元に……？

「とりあえず、下に降りて車に乗りましょう。ちゃんとチャイルドシートもついてるんでご安心を。安全運転で行きましょう」

綾部が笑みを見せて言う。弦を抱いたまま歩き出した綾部に、英二はいくぶん混乱しながらついていった。

「……ええと、つまりシズさんは、ずっと俺たちを見守っててくれたってことですか？」

「ふふ、そうなんですのよ。充ぼっちゃまとは長いお付き合いでしてね、おしめを替えて差し上げていた頃からですから、かれこれ四半世紀になりましょうかねえ」

「そんなに！」

綾部の運転でレインボーブリッジを渡りながら、英二は綾部とシズさんから、ここに至る経緯を順に聞かされていた。

シズさんは綾部に頼まれて、英二のための生活支援員として和子と暮らす家に通ってくれていたらしい。綾部が少し懐かしそうに言う。

「昔はうちの母の支援に来てくれてたんです。俺が直接会いに行けないなら、せめて一番信頼できる人にサポートしてもらいたいなと思ってね」

「そうだったんだ……」

「木下さんが会社辞めて、連絡を絶たれたときは、やっぱりちょっとショックで。すぐにでも話がしたかったけど、あなたの性格からいって何か事情があったんだろう、会社の人に俺の素性がバレた頃合いだったし、まあそれだろうなと思って」

「……うん。さすがに鷹城家の人だって知ったら、子供ができたとは言えなくて。俺が身を引かなきゃって」

「そういう奥ゆかしさ、嫌いじゃないですけどね。俺は初めから、あなたも弦もちゃんと守る気でしたよ？　子供の父親として、きちんと責任を取るってやつです。古風な意味でもね」

「……！」

それはつまり、綾部には最初から英二と番になる気があったということか。

そう思い、胸が高鳴るのを感じていると、綾部が困ったように言った。

「ただ俺のほうも、あなたと弦を迎えに行くにしても、できれば仕事で成果を上げて、いっぱしの男になってからじゃなきゃって気持ちがあって。何せ俺は、鷹城家では日陰者だから」

「日陰者……？」

「前に言ったでしょ、母はオメガで、未婚の母だったって。まあ、端的に言って婚外子なんですよ、俺。綾部は母方の姓です。兄貴とは、異母兄弟なんですよ」

（……そういうことだったのか）

結婚に対する綾部の考え方が独特な理由がわかった気がして、英二は少し納得した。

軽く肩をすくめて、綾部が続ける。

「ちょっと前までは鷹城家と縁を切って生きていこうとしてたんですけど、どうしてか兄貴に気に入られてね。当主としてのビジョンを話してくれて、オメガを母に持つおまえにしかない視点を生かしてほしい、グループの繁栄に寄与してくれればあとはおまえの好きにやっていいって言ってくれたんで、踏みとどまったんですよ」

「会長さんはアルファ至上主義ではない、ってことなのかな?」

「ええ、あの人は進歩的というか、とても合理的なので。若い世代の親族は、おおむね彼を支持する改革派が多いです」

綾部が言って、ため息をつく。

「ただ、兄貴は俺より十も年上なのに結婚もしてなきゃ子供もいないから、それをよく思わない親族に何かと足を引っ張られてて。連中を蹴散らすには、やっぱり仕事で実績を上げなきゃならない。だからドバイ行きの話は、二人の利害が一致したというか」

「利害って?」

「あそこ、俺と兄貴の叔父と従兄弟に当たる人たちが大きなプラントを造ったはいいけど、なかなか事業が安定しなくて、いろいろ理由をつけて兄貴に押しつけてきたんですよ。だから兄貴と、二年で軌道に乗せようと決めた。何かとうるさい叔父たちへの牽制にもなるし、俺は仕事の実績を示せて晴れてあなたと弦を迎えに行ける。そういう算段だったんです」

そう言って綾部が、首を横に振る。

「でも、最近は叔父一派が勢力を強めてましてね。決算を期にグループ経営をアルファ至上主義に戻そうって主張してて、兄貴を会長の座から降ろそうって動きもある。おまけに弦の存在を嗅ぎつけて、鷹城の血を引くアルファの子供が本当に存在しているなら、早々に引き取るべきだと言い始めた。それこそ、誘拐してでもね」

「え、でも……、じゃあ長谷川さんはどっち側の人なの？　こないだ家に来て、一億出すから弦をよこせって言ってきたけど？」

「はは、あの人なら真顔で言いかねないけど、長谷川さんは親父と兄貴に忠誠を誓ってるんで、こっちの味方ですよ。兄貴はまだ静観でいいと言ってたらしいですが、長谷川さん的には現状に相当危機感があったみたいでね。とにかく俺を帰国させようとして、木下さんに揺さぶりをかけに行ったんでしょう」

「あ、やっぱりそうだったんだ。俺、もうちょっとで綾部にどういうつもりなんだ！　ってキレ気味に連絡しそうだったし」

「それでもよかったですけどね。ちょっと調べてる件があって、それがわかり次第一度戻ろうと考えてたし。でも、叔父が雇ったチンピラがあなたの周りをうろつき始めてるって長谷川さんに聞いて、悠長なことは言ってられないなって。独断で保護してくれた長谷川さんには感謝ですよ」

チンピラ、と聞いて思いつくのは、連れ去られたときに道の向こう側にいた二人組だ。かなり荒っぽい方法だったが、守ってもらえたのなら確かにありがたい。

一歩間違えば弦だけ連れ去られていたかもしれないと思うと、今さらながらぞっとする。

「これ以上、連中の好きにはさせません。俺が思い知らせてやりますよ」

綾部が言って、車を鷹城ハイテクノロジー本社のある汐留に向ける。

本当にこのまま乗り込むつもりのようだが。

(大丈夫なのかな、一緒に行っても……？)

綾部によれば、定例社長会はグループの経営会議の位置づけではあるが、グループ企業のトップはほとんどが鷹城家の人間だ。そのため企業経営にかかわる会議のあとに、そのまま鷹城家の親族会議が開催されることが多いらしい。

それは親睦会のようなものとは程遠い、会議の流れによっては鷹城家内部での勢力図すらも変わってしまう、シビアな権力闘争の場だという。

そんな緊張感のある場所に、あろうことかオメガの自分と隠し子を連れていくなんて。

ある意味綾部らしいと言えば綾部らしいけれど、どうなることかと不安になる。

「そんな顔しないでリラックスして。せっかくの弦のお披露目なんだし」

地階にある駐車場に車を止めて、綾部が言う。

「ある意味あなただって、もう親族みたいなものなんですから。堂々としてればいいんです。シズさん、すみませんけど一階でコーヒーでも飲んで待っててくださいね？」


久々にやってきた鷹城ハイテクノロジー本社ビルの、二十三階。

すやすやと気持ちよさそうに眠る弦を抱っこ紐で抱っこして、一度も足を踏み入れたことのない役員専用フロアでエレベーターを降りるのは、想像以上におかしな気分だった。

綾部はスーツだが自分はカジュアルな格好だったし、降りてすぐの受付に座っている受付嬢も、驚いたのか目を丸くしている。

「……お待ちしておりました、充様」

受付の奥の廊下に長谷川がいて、綾部を見つけて声をかけてきた。

英二と弦が一緒に来ることを想定していたのか、特に驚いた様子はない。

綾部が短く訊ねる。

「会議はどうなってる？」

「五分五分、と言いたいところですが、こちらがわずかに劣勢というところでしょうか」

「いいね、かき回しがいがある」

ふふ、と綾部が笑い、胸ポケットからメモリースティックを取り出して長谷川に渡す。

「ここに入ってる調査報告書、人数分出力して持ってきてもらってもいい？」

「かしこまりました。お部屋は、あちらです」

長谷川が会議室の入り口を手で示す。

ためらいもなく進む綾部について、英二も会議室へと入っていくと。

（うわあ……！）

映画かドラマでしか見たことがないような縦長のテーブルに、ずらりと並んだ鷹城家の親族たち。

見た感じ、十五、六人くらいの全員がアルファで、最も奥まった席には鷹城会長が座っている。

予期せぬ闖入者に驚いたのか、一瞬静まり返ったが、ややあって向かって右側中央に腰かけた年長のアルファ男性が、不快なものでも見たような顔をして言った。

「やれやれ。誰かと思えば先代のこぼれダネか！」

いきなりの侮蔑的な言葉に驚かされる。だがそれに同調するように、アルファ男性の左右に座っている男性たちが次々に言う。

「ああ、本当だ。勝手に入ってくるなんて、お里が知れるな」

「そうだぞ。いったい誰の許可を得てここに来たっ？」

「それにその、子連れのオメガは何者だ？」

「ここはピクニックに来るようなところじゃないぞ！」

攻撃的な言葉を次々浴びせられ、ビクビクしてしまう。

高圧的な態度もひどいが、そんなあからさまに見下した言葉をよくも口にできるものだ。反発心を覚えるけれど、こういうアルファ男性たちの前では、やはり英二は萎縮してしまう。もしや綾部は、ずっとこんなふうに言われてきたのだろうか。

哀しい気持ちになるが、綾部はまるでどこ吹く風といった様子で言った。

「まったく、相変わらずですねえ、叔父上も従兄弟殿たちも。ピクニックするならもっと空気の綺麗なところに行きますよ。それにそもそもあんたたちと一緒じゃ、楽しくもなんともないし！」

「……減らず口も相変わらずか！」

「下賤なオメガの子のくせに……！」

従兄弟殿、と言われた男性たちが怒りを露わにするが、綾部は気にせずさらに言う。

「ちょっと帰国する用事ができたんで、顔くらい出しておこうと思っただけです。まあ、俺も一応鷹城家の人間だし？　いない間にあんたらに好き放題されるのは、やっぱり面白くないんでね」

「なんだと！」

「あとはあれだ、社会科見学的な？　血筋と家柄くらいしか誇れるものがないアルファがいかに醜悪か、大切な人に見てもらういい機会かなって！」

「このっ、それは俺たちのことかっ……！」

(綾部、さすがにちょっと煽りすぎじゃ……？)

いつもの軽快な口調でわかりやすく喧嘩を売っていく綾部に、ハラハラしてしまう。

居並ぶ親族たちの反応は様々で、困った顔でひそひそと何か話す者や、逆に面白がっている様子の者もいる。

そんな中、鷹城会長はまるで子供の口喧嘩でも眺めているかのように落ち着いた表情だ。

軽く頬杖をついて、ゆっくりと口を開く。

「おかえり、充。来るとわかっていたら、席を用意しておいたのだが」

「お気遣いなく。一緒に座ろうって気はないんで」

「だが、せっかく来てくれたのだ。二人を紹介してもらっても？」

「あ、それはもちろんです。木下さんは知ってますよね？　この赤ん坊は彼と俺の息子、アルファの弦です。ちょっと順番逆になっちゃったけど、俺、木下さんと結婚するつもりなんです！」

「……！」

いきなりの暴露と結婚宣言に、心臓が止まりそうになった。

まだプロポーズもされていないし、こんなアウェー感の強い場所で世間話みたいにさらっと打ち明ける話でもないだろう。親族たちもさすがに騒然となって、息子？　隠し子？　産んだのはオメガなのか？　と言い合っている。

先ほどの年長のアルファ男性――おそらくは彼が叔父だろう――は何も言わず苦々しそうな顔をしてこちらをにらんできたが、従兄弟や取り巻きらしき男性たちが、また激しい剣幕で言う。

「結婚などと、何を勝手なっ！」

「そうだ！　母親がどれほど卑しかろうが、鷹城の血を引いている以上オメガとの結婚など論外だ！」

「なんの実績もない若造が、やることだけは一人前とは、まったく嘆かわしい！」

「えーと、実績ですか？　去年は特区の情報漏洩問題を解決したし、例のドバイのプラントもこの一年でＶ字回復させましたけど？　あれ、なんでそちらでやらなかったんでしたっけね？」

綾部が皮肉たっぷりに言い返し、それから鷹城会長を見つめて、意味ありげに言う。

「会長直々に頼まれてた調査の件も、ようやく裏が取れましたんで。今すぐそれを報告させてもらってもいいんですけど、どうしましょうね？」

綾部の問いかけに、鷹城会長がかすかな驚きの表情を見せる。

それから薄く微笑んで、思案げに言う。

「……そうだな。聞いてもいいが、実は今、叔父上の提言を聞いていたところなのだ。今後のグループや鷹城家のあり方についてのね。まずはそちらを優先しても？」

「そう、そうだ、よく言ったぞ克己君！　妾腹のことなど正直どうでもいい。大事なのは鷹城家の正しき未来なのだ！」

叔父が勢いを取り戻したように言う。

「鷹城家は、よき伝統を受け継ぐ格調高いアルファの一族であるべきだ。家督相続についてはもちろん、グループ人事においても、当然その路線を継承すべきであろう。ゆえに、新たに会長職を補佐する世話役を置き、当主であり会長である克己君を支えるべきだと、私は提言したいのだ！」

叔父の言葉に、綾部がきゅっと片方の眉を吊り上げる。親族たちが黙って話を聞き始めたからか、叔父が得意げな顔で話を続ける。

「むろん、これは克己君の能力に問題があるからではない。克己君は誰よりも優秀だ。だからこそ先代も、早くに家督を譲り会長職にも就かせた。だが鷹城のすべてを受け継ぐのはそれだけでは難しい。いまだ独り身の克己君には荷が重かろう」

そう言って、叔父がもったいぶった様子で周りを見回す。

「ここはやはり、一族のアルファとしての責務を果たしてきた年長の者が、世話役として――」

「あー、なるほどね！　叔父上がその職に就こうって話ですか！　わっかりやす！」

綾部が呆れたように言って、肩をすくめる。

「用意周到な叔父上のことだ、そういう提言をするための根回しもちゃんとしてて、ここで決を採ったら話がまとまるようになってるんでしょ？　いやあ、さすがは年の功！」

「なっ、貴、様っ……！」

褒め殺しみたいな綾部の言葉に、叔父の顔がみるみる怒りで真っ赤になる。

だが何か言い返そうとしたところで部屋のドアがノックされ、長谷川が紙の束を手に入ってきた。綾部がにこやかに迎えて言う。

「ああ、来た来た。ありがと、長谷川さん。そっち配ってもらっていい？」

綾部が長谷川から半分束を引き取って、親族たちにひょいひょいと配りながら続ける。

「まあ叔父上の提言も、それ自体は悪くないと思いますよ。でも果たして叔父上がその任にふさわしいか、この調査報告書を見て、皆さんにもう一度考えてほしいんですよね」

「調査報告書だと？　いったいこの私の、何をっ……」

叔父が当惑気味に長谷川からハードコピーを受け取る。

やがて親族たちに行きわたると、テーブルがにわかにざわつき始めた。

「……な、なんだね、これはっ？」

「兵器製造部門の設立計画だとっ？」

「信じられん、本当にこんなことをっ？」

(兵器製造？)

思いがけない話に驚く。

鷹城ハイテクノロジーは先進的な電機メーカーだが、武器や兵器の類いの製造部門は存在しない。軍需産業には手を出さないというのが、創業以来の伝統的な社是だからだ。

綾部が鋭く響く声で言う。

「北米や欧州の軍需産業のお偉いさんたちと、叔父上はずいぶんと懇意にしていらっしゃいますよね。出張のたびお会いになって、手厚いもてなしを受けているようで？」

「そ、それはっ」

「なんでも、カリブ海の綺麗な島に広大な別荘までお持ちとか。見返りにどんなお約束をされているんです？」

「い、いや、待ってくれっ！　私はあくまで、グループの将来のためにっ……」

「何が将来のためだ、しらじらしい！」

「そうだ！　私腹を肥やすために鷹城の伝統を戦争の流血で汚すつもりか！」

「世話役などと言って、グループを裏から支配しようという魂胆だろうが！」

先ほどまで静かだった親族たちから、次々と怒号が飛び出す。

綾部がかき回しがいがあると言っていた意味が、だんだんわかってきた。叔父や取り巻きたちが明らかに狼狽し始め、形勢が変わっていくのが手に取るように感じられる。

頃合いを見計らって、綾部が挑発するように言った。

「さて、どうしますかね？　叔父上の提言について決を採ってみます？　それこそ鷹城家の伝統にのっとって、親族のアルファの多数決で決めましょうか。せっかく弦もここに来ていることだし」

（え、弦もっ？）

赤ん坊も一票、というのは、さすがに無理があるだろうと思ったが、テーブルからは異議なしの声が上がる。

たとえ赤ん坊でも、弦は鷹城家の人間として扱われるのだ。

腕の中の我が子が、連綿と続いてきた血族の血を引いていることを改めて実感して、何やら厳粛な気持ちになる。

恐れ多いとばかり思ってきたが、あるいはこれもまた一つの運命なのではと思えてきて――。

「……その必要はないだろう。もはや結果は見えている。叔父上とて、これ以上晩節を汚すつもりはないはずだ」

低く発せられた鷹城会長の言葉に、その場がシンと静まり返った。

声音はとても穏やかなのに、ヒリヒリするような緊張感が走る。

射貫くような目で親族たちを睥睨して、鷹城会長が告げる。

「誇りある鷹城のアルファならば、こうした場合の身の処し方も十分に心得ているはず。であれば、せめて静かにご勇退を見送ろうではないか」

ヒヤリとするほどの冷たい声に、己が陥った状況を察したのだろう。叔父がおろおろと立ち上がり、口唇を震わせながら言う。

「ま……、ま、待ってくれ克己君、私に話をさせてくれっ……」

「その必要はありません、叔父上。父の代から長きにわたり鷹城家に尽くしてくださったこと、現当主として心より感謝いたします。鷹城グループを離れても、どうぞお元気で。追ってしかるべき書面をお送りいたします」

厳しい最後通告の言葉に、叔父が絶句する。

あれだけ騒ぎ立てていた従兄弟や取り巻きたちは、誰も助けの手を差し伸べない。

やがて叔父が、放心したみたいな顔でふらふらと戸口へと歩いていくと、従兄弟たちや取り巻きもわらわらとあとを追った。

彼らが会議室を出ていってしまってから、綾部がまた、肩をすくめて言った。

「あれ、結構ついてったな。人が減っちゃうと、親族会議も進みませんねえ？」

「かまわないよ。今日はもう話し合うことは何もない。諸君、ご苦労だった」

鷹城会長がそう宣言すると、親族たちがやれやれと立ち上がった。

もしかして、本当はみんな早く終わりたいと思っていたのだろうか。

「充君久しぶり！　息子さんいい子でねんねしてたね。生後五か月くらい？」

「いやあ、パパにそっくりだ。髪もふさふさだし！」

「結婚、応援してるから！　せっかく戻ってきたんだし、一緒に新しい鷹城グループを作っていこうね！」

去り際に話しかけてくれる親族は、比較的若い人たちが多く、綾部に対して好意的な様子だ。綾部が言っていたように、改革派なのだろうか。

彼が本格的に帰国して本社の重役に就任すれば、一気に改革路線へと変わっていきそうだし、そのような役割を待望されている雰囲気もあるけれど。

(綾部はそれよりも、仕事の実績を示すことを選んでたってことなのかも)

一人の男として、親として、英二と弦を堂々と迎えに来るため。

もちろんそれだけではないにしても、綾部の中にそういう気持ちが強くあったのなら、手放しで嬉しいことだ。年下の男がそんなふうに頑張ろうと思ってくれるなんて、それこそとても「可愛い」と思える。

「……出すぎた真似をして、申し訳ありませんでした」

部屋に綾部と鷹城会長、そして英二と弦だけが残されると、長谷川が静かに言った。

「秘密裏に調査を進めておられるとは、つゆ知らず……。充様にお戻りいただこうと気持ちがはやり、木下様にも大変無礼なことを申し上げました。深くお詫び申し上げます」

「もういいよ、長谷川さん。おかげで二人も無事だったんだし、気にしないで」

「充様……」

「ていうか、俺も弦の可愛い顔見たらさ、ちょっと気負いすぎだったかなーって思ったし。もっと早くに、ちゃんと自分の気持ちを言うべきだったたって反省してる」

綾部がそう言って、こちらを見つめる。

「この部屋、あんまりそういうムードじゃないけど、俺、今すぐあなたに伝えたいことがあります。聞いてもらってもいいですか？」

（……っ、それって……）

雰囲気を察して胸が高鳴るのを感じていると、鷹城会長がうなずいて言った。

「では、私たちは出ていくとしよう。木下君、きみが辞めてから退職を惜しむ声がいくつも届いている。社に戻ってくるつもりがあるなら、いつでも歓迎するよ？」

「勝手にスカウトしないでくださいね、兄さん。彼にはほかに仕事があるので」

「ふふ、そうか。それは失礼した。落ち着いたらゆっくり食事でもしよう。では、また」

鷹城会長が言って、長谷川を伴って会議室を去っていく。

二人になったら妙に気恥ずかしくて、意味もなく弦のベビー服の襟元を直したりしていると、綾部が気遣うように言った。

「ずっと抱っこしてて、疲れたでしょ。まずは座って？」

「あ、うん……」

綾部が手近なオフィスチェアを引っ張ってきてくれたので腰かけると、弦が身じろぎ、小さくあくびをして、またすやすやと寝息を立て始めた。

綾部がそばに屈んで、愛おしそうに顔を覗き込みながら言った。

「なんだか不思議だな。会社に二人がいるなんて」

「俺もそう思う」

「でも俺が知ってるあなたは、だいたいが会社での姿なんですよね」

綾部が、懐かしそうな目をする。

「初めてあなたを見かけたのは、確か一階のアトリウムのところで。オメガの人は珍しかったから、なんとなく目で追ってた。まだここの人事部に来るって決まるよりも前のことですよ？」

「そうだったの？」

「今思うと、あれは運命でした。俺はあの人に恋をするんじゃないかなって、あのときかすかにそう感じてた。そしたら、そのとおりになったんですから」

「綾部……」

甘い声音にうっとりとなる。

運命という言葉は、正直半信半疑だったが、綾部に言われると確かにそうなのだろうと腹に落ちるものがある。何より腕の中の弦の存在が、それを確信に変えてくれる。

出会うべくして出会い、身も心も結ばれて、新しい命が生まれて。

きっと、それが運命というものなのだろう。

「今さらですけど、ちゃんと言わせて、英二」

綾部が名を呼び、ジャケットの胸ポケットを探って何か取り出す。

彼の心を形にしたみたいな、赤いベルベットの小箱。蓋が開くと、ダイヤモンドの指輪が輝いていた。

「木下英二さん。どうか俺と結婚して、番になってください。一生大切にしますから」

シンプルにして最高の愛の言葉。

いつでも饒舌な綾部だけに、素直に心をつかまれる。英二はうなずいて言った。

「……俺で、いいのなら。充の番にしてください」

「あなたしかいませんよ。最初からそう思っていたのに、事情を言えなくて一人にさせてしまって、すみませんでした」

綾部が謝って、身を乗り出して顔を近づけてくる。

「一緒に、いい家庭を作っていきましょう。俺たちらしい、温かい家庭を」

そう言って綾部が、口唇を重ねてくる。

その優しい熱に、英二は心から酔い痴れていた。


『それじゃ、お疲れさま、シズさん。英二のお母様によろしく伝えてください』

『ええ、もちろんです。充様、育児は初心者なんですから、わからないことはちゃんと英二さんにお訊きになってね？』

『そうします。いやぁほんと、母親ってすごいね！』

その日の夜のこと。

綾部とシズさんの声が聞こえてきたので、英二は自分がうたた寝していたことに気づいた。目を開けるとそこは銀座の外れにある綾部のマンションのリビングで、英二はソファに横たわっていた。体にはブランケットがかけられている。

弦にミルクを飲ませたあと、綾部が寝かしつけてみたいと言ったので、彼に任せたのだが、どうやらそのあとソファで寝落ちしていたらしい。

（やっぱり俺もちょっと、疲れてたみたいだな）

本社でプロポーズされたあと、すぐにでも和子に結婚の報告をしに帰りたかったのだが、ひとまず綾部のマンションに来た。

電話で和子に連絡をしたら、弦をあまり連れ回して疲れさせては可哀想だと言われたので、今日は三人で泊まることになり、シズさんだけ先に帰ってもらうことにしたのだ。

「……あ、起こしちゃいました？」

玄関のほうから綾部がリビングに戻ってきて、すまなそうに言う。英二は首を横に振って言った。

「うたた寝してただけだし、気にしないで。弦は？」

「なんとか寝かせました！　話には聞いてたけど、寝かしつけってむちゃくちゃ大変ですねっ？」

「そうだね……。この時間に眠るとだいたい朝までぐっすりだから、まあ楽なほうなんだけど」

英二が起き上がってソファに座り直すと、綾部がこちらへやってきて隣に腰かけた。

ようやく、落ち着いて二人で向き合えた。都会的でスタイリッシュな内装のリビングを見回して、英二は言った。

「綾部って、こんな素敵なマンションに住んでたんだね。ホテルじゃなくてここで逢ってたら、ほんとにただの会社員なのかなって、もっと早くに疑ってたかもしれないな」

「はは、確かに。元は鷹城グループの借り上げだったんですけど、気に入ったんで買い取っちゃいました。いつかあなたを招きたいなって思ってたし」

照れたみたいな顔をして、綾部が言う。

左手にはめたダイヤモンドの指輪をしみじみと見て、英二は言った。

「これ、いつ用意してくれたの？」

「えー……、言ったら引かれるかも」

「何それ、余計気になる。いつ？」

答えを迫るみたいに訊くと、綾部が照れくさそうに言った。

「……初めて抱き合った日の、翌日」

「えっ」

「土曜だったんで、ちょっと近所まで走って買ってきました」

「……ほんとに……？」

「はい。あなたと番になって、結婚したいって思ったから」

ぜんぜんそんな様子は見えなかったから、心底驚いてしまう。

結婚にこだわらないなんて言っていたのに、こちらがそんなふうに思うよりも前から、結婚を意識していたなんて。

「あのときは、まだ素性をバラすわけにいかなかった。兄貴に一緒にグループを変革していきたいって言われてアメリカから帰国して、現場を知るためにいち社員として会社に入ったばかりだったし。だから本当の気持ちも、ずっと隠してました」

珍しく気恥ずかしそうに、綾部が言う。

「でも、俺は最初からあなたしかいないって思ってた。オメガとしても会社の先輩としても心から尊敬できる人だと思っていたし、そんなあなたに子供が欲しいって言われたんだから、間違いなくここが俺の人生最大の踏ん張りどころだぞ！　って」

「そ、そこまで？」

「ええ。とにかく子供だけでも、って、ある意味こっちもそれを利用するみたいでちょっと気が咎めたけど、俺も本気でしたから」

ふふ、と笑って、綾部が続ける。

「ドバイに行く前にこの家の内装工事も手配して、子供部屋を造ってベビーベッドも入れてもらって。定期的にハウスキーパーにも来てもらってたんです。いつでも二人を迎えられるように。……て、なんか俺めっちゃ重くないですかっ？　やっぱり引いてないっ？」

「そんなことないよ！　すごく、嬉しいよ」

(充は、ずっと俺のこと好きでいてくれたんだ)

そこまで深く想われていたとは驚きだが、まったく気づいていなかったわけではない。

可愛い、というのは、やはり好きだという気持ちの表れだったのだ。

気持ちも正体も隠して、それでも少しでも想いを伝えたいと――――。

「……充も、可愛いよ？」

「え」

「俺、充でよかったって思った。運命っていうなら、それは俺にも……」

言いかけた、そのとき。

腹の底がトクン、と脈打って、どうしてかドキドキと心拍数が上がり始めた。

背筋がぞわぞわと震えてきて、視界がピンクに染まる。

これは、もしかして。

「……英二って、ほんと持ってますよね。まさかここまでとは！」

「かもね。あのとき以来だよ、発情なんて」

話すそばから、発情フェロモンの甘い匂いがしてくる。綾部がうっとりと言う。

「きっとこれも、運命ですね。二人で、愛を確かめ合いましょうか」

子供部屋を覗いて弦がぐっすり眠っているのを確認してから、二人で寝室に行き、息を荒くしながら衣服を脱ぎ捨ててベッドにもつれ込んだ。

首のチョーカーをむしり取り、熱い肌を重ねてキスを交わしたら、それだけで涙が出そうになった。

ずっと綾部とこうしたかった。たくましい体に触れ、愛撫し合って、どこまでも深く結ばれたいと、本能がそれを求めていたのだと感じる。

それこそ魂が惹かれ合うみたいに。

「……ああ、英二の匂いだ！」

「充っ……」

「あなたが欲しくてたまらなかった。あなたの中に、入りたくてっ……」

英二の発情フェロモンに煽られた綾部が、そう言って体を密着させてくる。

彼の欲望の証はもう怒張し切っていて、触れただけで爆ぜそうなほどのボリュームだ。

その大きさにかすかな戦慄を覚えるが、早く受け入れたくて、渇望でどうにかなりそうだ。

欲情で潤んだ瞳で綾部を見つめて、英二は言った。

「俺も、ほしいっ。俺の中に、入ってきてほしい……！」

「今すぐそうしてあげます。うつぶせになって、お尻を上げて？」

「ん、んっ」

そんなふうに言われたことがなかったので、少しためらいはあったが、動物的な本能に駆り立てられるみたいに劣情が募ってきたから、言われるままシーツに顔をうずめて膝を立て、ぐっと腰を突き出した。綾部が両手で尻たぶをつかんで、狭間を開く。

「英二のここ、ヒクヒクしてる。すごく、可愛い」

「み、つる、ぁあっ、やっ、そん、な……！」

むき出しの窄まりにちゅっと口づけられたと思ったら、舌でねろねろと舐られ始めたから、腰がビクビクと跳ねた。

そこに口づけられるなんて初めてだ。

元々感じやすいところだから、熱く潤んだ舌の感触だけでいや応なしに感じてしまうけれど、発情で頭が蕩けそうな状態だとはいえ、さすがにひどく恥ずかしい。

腰をひねって逃れようとしてみるが、綾部はそうさせてくれない。

それどころかかすかなほころびに舌先を押し当てて、ズチズチと穿ってくる。

「う、ンっ、だ、めっ、そ、なとこっ」

「こうされるの、嫌？　気持ちよくない？」

「そ、じゃ、なくてっ」

「恥ずかしい？　でも俺、ずっとあなたのここにキスしたいって思ってたんです。だからちょっとだけ、許して？」

「あっ、ぁう！　はぁ、あっ……」

甘く口づけるみたいに、綾部がぬらり、ぬらりと何度も後孔に舌を滑り込ませてくる。

英二のそこは、もう内蜜でたっぷりと濡れそぼっているみたいだ。綾部が肉厚な舌を挿入するたびに、ちゅく、ちゅく、と淫靡な水音が上がる。

オメガ子宮へと続く、英二の体の中の最も繊細な場所。

今まで、そこに触れたのは綾部だけだ。ほかの誰かに触れさせる気などもちろんないが、彼に首を噛まれて番になったら、この先もそこは一生彼だけのものになる。

そして二人の愛が実り、ときが満ちれば、輝かしい命の通り道となるのだ。オメガとして生まれ、生きてきて、こんなにも誇らしく喜ばしいことがあるだろうか。

熱い舌で内壁をなぞられるたび、彼に愛されているのだと感じて、腹の底がキュウキュウと収縮する。ちゅぷっと音を立てて綾部が顔を上げ、艶めいた声で言う。

「ああ、いっぱい蜜が溢れてきた。内襞ももう、こんなにほどけて」

「ひ、ぁっ……！」

指を二本、くぷんと後ろに沈められて、そこがとろとろに熟れているのが自分でもわかった。悦びを得ようと吸いつく肉襞を擦りながら、指をゆっくりと抜き差しされただけで、淡い快感が背筋を駆け上がる。

英二自身の先端からはつっと透明液が溢れて、シーツの上にたらたらと滴り落ちた。指ではなく、もっと硬く大きなものを欲しがって、内筒がヒクヒクと蠢動し始める。

「あ、あっ、み、つるっ、も、もうっ」

「俺が、欲しい？」

「ん、ん、欲しい、充が、ほしいっ……！」

あられもない声を発して、腰を上げたまま首をひねって綾部を見上げる。

「充のものに、なりたいっ……、身も心も充のものに、して……！」

「英二……、煽りすぎだってば」

綾部が悩ましげな顔で言って、後ろから指を引き抜く。

それだけであんっ、と声を洩らしてしまい、肌が朱に染まった。自分でもむせ返るほどに、発情フェロモンが匂い立ってくるのが感じられる。

「でも、俺ももう余裕がないです。ゆっくり愛し合うのは、あとからにしましょうか」

綾部が英二の背後に膝をつき、腰を引き寄せて言う。

「番になりましょう。ほぐし足りないかもしれないから、力、抜いてて」

「ん、ぁっ……、ああ、ぁああっ――――！」

張り出した頭を埋め込まれ、そのままずぶずぶと幹を沈められて、一瞬目の前が真っ白になった。体を支える膝がガクガク震え、腹の底がキュウキュウと収縮して、欲望の先端からとくとくととめどなく白蜜が溢れ出てくる。

どうやら、熱杭をつながれただけで絶頂に達してしまったようだ。

綾部がウウッ、と低くうなって、苦しげに訊いてくる。

「……英二、挿れただけで達っちゃったの？」

「うぅ、ご、めっ」

「いや、いいですけど、うう、なんて締めつけだっ！　食いちぎられそう……！」

意地汚く悦びをむさぼるように、英二の肉筒が幹を締め上げるたび、彼の刀身が中でビンビンと跳ねる。綾部が苦笑交じりに言う。

「嬉しいですよ。あなたがこんなにも俺を欲しいと思ってくれてるなんて。これからはずっと、俺だけのものになってくれるなんて！」

「みつ、るっ……」

「ちょっともう、俺が自分を抑えられないかも。ごめんなさい、最初はちょっとだけ、乱暴だと思うっ……」

「……ひあっ！　あぅっ、あぁっ、はああっ！」

綾部が背後からのしかかり、こらえ切れなくなったみたいに腰を使い始めたから、裏返った声がこぼれた。

まだ頂のピークをたゆたう内壁を、強かなボリュームの肉茎にゴリゴリと擦られ、鮮烈な快感にチカチカと視界が瞬く。突き上げられるたび亀頭球が深々と沈み込み、上体が波打つほど大きく体を揺さぶられる。

「……すごいっ、引き込まれて腰が止まらない！　英二……！」

劣情にのみ込まれたように、綾部が英二の双丘を両手でつかんで上向け、狭い肉筒を長いリーチで余すところなく擦り立ててくる。

ともすれば苦痛と紙一重の、強大なアルファの肉体による容赦のない責め苦。

だが英二の後ろは、綾部の形を覚えてでもいるかのようにぴったりと彼に吸いつく。背筋にはビリビリと悦楽のしびれが駆け上がり出し、息が大きく乱れていく。

「ひ、ううっ！　み、つるっ、ああっ、あああっ！」

内腔の中ほどの感じる場所はもちろん、最奥近くの狭まった場所まで刀身で激しく抉られて、上体がのたうつほどに感じてしまう。

絶頂から降りられぬまま、英二はまた悦びの淵へと追い立てられ始めたようだ。

熟れた内襞は肉棒が行き来するのを味わうみたいに、きつくすがりついて快感をむさぼる。後ろから引き抜かれる都度、媚肉がきゅるりと捲れ上がって愛蜜が溢れ、内腿を淫靡に伝い流れた。

中の感触がこたえるのか、綾部の吐息も荒くなり、喉奥から喘ぐような声が洩れてくる。オメガの発情フェロモンで昂り、情交に耽溺するアルファは、まるで獰猛な獣みたいだ。そこにアルファ自身の意思があろうとなかろうと、いや応なしに肉欲の虜にされてしまうのだから、英二を「いやらしいオメガ」だと言った橋本の気持ちも、ほんの少しわからなくもないけれど……。

(俺が欲しいのは、充、だけ)

綾部のことが好きだから、彼を昂らせたい。

彼だけに求められたいし、彼とだけ愛し合いたい。

だからこそ番になりたいのだ。生涯ただ一人、綾部だけを愛するために——。

「み、つるっ、充、お願い、もうっ、ちょうだいっ」

首をひねって綾部を振り返り、彼に手を差し伸べて、英二は哀願した。

「お腹にいっぱい、ほしいっ、充の白いのがほしい……！」

「英二っ」

「首、噛んで……、俺を充だけのものに、してっ」

「英二、英二っ……！」

綾部が声を震わせて、抽挿のピッチを上げる。

揺さぶられすぎてもはや声も出せないが、ぐんと嵩を増した剛直の熱に煽られて、腹の奥が収斂してくるのがわかった。兆しをたぐるように自ら腰を揺すると、一気に絶頂の波が押し寄せてくる。

「ああ、出るっ、もうっ……、くっ、うぅっ……！」

切なげな声で、綾部が言う。

「はあっ、あっ、あああぁッ──」

綾部が動きを止め、内奥でドッと熱いものが爆ぜたのを感じた瞬間、英二も再び達き果てた。

キュウキュウと何度も収縮する肉壁に彼のほとばしりを浴びせられ、そのたびに背筋を喜悦のしびれが駆け上がり、うなじのあたりがちりちりとスパークする。

共に迎えた至上の瞬間。震える英二の背中に綾部がぐっと身を寄せ、頭に手を添えて傾けて、首筋を露わにさせる。

汗ばんだ素肌にちゅっと一つキスを落として、綾部が告げる。

「愛してる、英二。俺だけのものに、なってっ」

「……っ、ぁ、ああ、あっ……！」

柔らかい皮膚に綾部の硬い歯が食い込み、薄皮を突き破って血肉の中へと沈み込む。痛みで一瞬身がすくんだけれど、すぐにそれを上回る歓喜が体を巡り始めた。噛みつかれた場所から何か流し込まれてでもいるみたいに、体がかあっと熱くなっていく。

「あっ、あ、充が、いる、俺の、中にっ……」

まだ腹の中で息づいている楔と、首に食いついた硬い歯とから、綾部の命を流し込まれてでもいるみたいだ。アルファの旺盛な生命力に全身を満たされて、体が作り替えられていくみたいな感覚すらある。

やがて体の隅々まで熱が行きわたると、あれほど激しく発散されていた発情フェロモンが、すうっとおさまっていくのを感じた。

ついに自分は、綾部だけのものになったのだ。

そう実感して、涙が溢れてくる。

「……あぁ、クラクラする……、これが番になるって、ことなのか」

綾部が陶然とした声で言って、ほう、と一つ息を吐く。

ぬぷり、と濡れた感触とともに後ろから綾部が引き抜かれると、膝から力が抜けて腰がガクンと落ちた。力なくシーツに身を沈め、肩で息をする英二に背後から身を重ねて、綾

部がすまなそうに言う。

「英二、激しくしちゃってごめんなさい。体、大丈夫ですか?」

「う、ん……、平、気」

「よかった。やっと一つになれましたね、俺たち」

そう言って綾部が、そっと体を抱いてくる。

「あなたは俺のものになったけど、俺もあなたのものになったんですね。なんて素敵な気分なんだろう」

アルファとオメガとの間だけで結ばれる、「番」の絆。

それはお互いをただ一人の伴侶としてつなぐ、排他的な結びつきだ。

オメガの発情フェロモンは番以外の相手には作用しなくなり、アルファのほうも番以外のオメガの発情に影響されなくなる。互いを唯一無二の相手として認識し、離れていてもお互いの存在を感じることができるともいわれている。

そしてその絆は、生涯続くのだ。

(好きな人と結ばれたんだ、俺)

初めて好きになった人に愛され、結ばれて一つになり、これからはずっと一緒。

そう思うだけで心が安寧で満ちる。

何よりも、英二の体を包み込むみたい抱く、彼の大きな体の安心感。

いくらか高い体温や力強い鼓動も、英二の心を甘く震えさせ、恍惚とさせる。

腕の中で彼のほうに向き直り、改めて見つめると、そこには強くてたくましい、英二だけの綾部の体があった。

恐れすら抱いていたアルファの強大な肉体だが、今は見惚れてしまうほどに愛おしい。

頬が上気するのを感じながら、英二は告げた。

「……綺麗、だね……？」

「俺が？」

「うん。すごく、ドキドキする」

端整な顔を見つめてそう言うと、綾部が艶麗な笑みを見せた。

「あなただって綺麗です。こうして見てるだけで、心がときめいてくる」

英二の体をうっとりと眺めて、綾部が言う。

「可愛いお顔も、しっとりした肌も、このバラ色の乳首も。たまらなく、綺麗だ」

「充……、ん、ん……」

綾部がまた昂ったみたいに声を揺らして、口づけながら英二の背中をシーツに押しつけ、体ごと覆いかぶさってくる。

甘いキスと、温かな肌の感触。首に腕を回してしがみつき、肢を彼の腰に絡めて全身で抱きつくと、愛する番の存在をこれ以上なく感じて、心が沸き立ってくる。

英二もそれだけでまた昂りそうだけれど。

(なんだか今までと、感じが変わった……?)

合わさった口唇、重なった胸や腹の肌が、そのまま溶け合ってしまいそうな感覚がある。もしやこれは、番になったせいなのか。

綾部も同じように感じたのか、小さく喘ぎながら口唇を離して言う。

「すごい、触れ合うだけで気持ちがいい。こんなの、初めてだ」

「みつ、る」

「ほら、いつもより感じるでしょ、英二?」

「つ、ぁ!」

乳首に吸いつかれ、口唇を窄めてちゅぷっと吸われただけで、腰が浮くほど感じたから、驚いて目を見開いた。綾部が嬉しそうに微笑む。

「可愛い。もっと感じて?」

「あっ、あんっ! ぁああ、はぁあっ」

左右の乳首を順に吸われ、きゅっと硬くなった乳頭を舌で転がされて、体がビクビクと跳ねた。

腹の底がまたじくじくと疼いてきて、内筒が熱を帯びてくる。窄まりも蠢動してわずかにほころび始めたのか、先ほど注ぎ込まれた綾部の白濁で柔襞がぬるりと濡れてきた。

英二自身もまた頭をもたげてきて、先端には透明液が上がってくる。

鮮烈な発情こそおさまったが、番を得た英二の体は、今まで以上に貪欲みたいだ。

そしてもちろん、それは英二だけではなく……。

「……ああ、もっと欲しいっ。英二が、欲しいっ……！」

「充っ……、あ、あっ！」

腰を持ち上げられて後孔に切っ先を押し当てられ、そのままグプグプと肉杭を沈められて、クラクラとめまいを覚えた。

結び合う感触も今までとは違い、互いの境界があいまいに感じられるほどぴったりと吸いつく。まさか中までこんなふうになるなんて。

「はは、すごいっ。もうこれだけで達きそうっ」

綾部が苦笑気味に言う。

「でも、それじゃもったいないな。今度はじっくり味わいたい。だって番同士の、初めてのセックスなんだから」

「ふ、ぁっ、あ……」

いたわるように優しく動かれて、吐息交じりの声が洩れる。

甘い悦びがジワリと広がる、ゆったりとした抽挿。

抱き合うことが、子供を作るためのセックスでも、発情に煽られて本能で結び合うのでもない、愛の行為になったのだと感じて、新鮮な喜びを覚える。

綾部の体も単に肉体としてではなく、愛する人の命そのものみたいに感じられる。

しなやかにしなる腰、背中の筋肉の力強い動き、胸から伝わる心音。

アルファの体は、どこもかしこも凶暴なほどの力を秘めているのに、彼はとても繊細な動きで己を制御して、英二を優しく抱いてくれている。

もちろん今までだってそうだったのだけれど、改めてそれを実感すると、たまらなく嬉しくなる。自分は確かに愛されているのだと、触れ合うだけでそう感じることができるのだから――。

「……ねえ、英二？」

「ん、ん？」

「お母様に結婚のご挨拶をしたら、弦と一緒に、俺についてきてくれますか？」

不意の問いかけに顔を見つめると、綾部が静かに告げてきた。

「ドバイの支社のほうは、もう別の人に任せても大丈夫そうなんです。むしろあそこより、北米支社のほうが問題を多く抱えていて。本社に戻れって言われてたけど、現状を報告したら、たぶん兄貴は俺をそっちに回したいと考えると思うんです」

「北米……」

「ぜひ来てほしいんです、あなたにも。家族として、これからは一緒に暮らしたいし」

(家族、として?)

綾部の言葉に、心が弾む。

それはこちらも同じ気持ちだ。やっと結ばれたのに、別々に暮らすなんてもう考えられない。英二はうなずいて答えた。

「もちろん、ついていくよ。一緒にどこにでも行く」

「本当ですか?」

「うん。……あ、もしかして、俺にはほかに仕事があるって、そういう意味?」

鷹城会長のスカウトをやんわり遮ってそう言ったのを思い出し、英二が訊ねると、綾部が首を横に振った。

「いや、それは仕事じゃないでしょ。ちゃんとあなたにぴったりのお仕事を用意しますから。バース性にまつわるトラブルはどこにでもあるしね」

「え、それって……」

「仕事してるあなたにも、俺は惚れてるんですから。俺のそばで、カッコいいところ見せてくださいよ」

「充……、あ、んんっ……！」

綾部が腰を揺すり、大きな動きで英二の中を擦り上げてくる。

働く自分を、綾部がそんなふうに思ってくれているなんて知らなかった。

田舎でゆったり仕事をしながら弦と過ごす毎日は穏やかで、それはそれでオメガとしての幸せを感じていたけれど、仕事の面ではやはり少し物足りなさを感じていた。綾部は英二のそんな気持ちを察して、もう一度会社でバースカウンセラーとして働けるよう、誘ってくれているのかもしれない。

自分の全部を、綾部は愛してくれている。彼と番になれたことは奇跡だと、しみじみと感じる。

嬉しくなってしがみつくと、綾部が英二の腰を支えて、さらに結合を深めてきた。

「はぁ、あっ！」

彼とつながる角度が少し変わったのか、いきなり腰にビリビリとしびれが走り、上体が大きく跳ねた。綾部がふっと微笑んで訊いてくる。

「ここ、やっぱり好き？　こうすると、いい？」

「は、ぁっ、んん、あぁっ……」

感じる場所を熱杭で撫でられると、そこも今までより感じやすくなっていた。もっと味わいたくて腰を浮かせると、綾部が狙い澄ましたようにそこを擦り立ててきた。

「あっ、はあっ、うぅ、うっ！」

「可愛い声。そんなに、いい？」

「う、んっ」

「素直な反応、好きですよ。もっと声、聞かせて？」

「あっ、待っ、そ、な！　ああ、あっ、ふぁあっ……！」

腰を抱え込まれ、執拗に感じる場所をなぞられて、裏返った嬌声が止まらない。凄絶な快感に視界がぐらぐらと揺れ、まなじりが涙で濡れる。

英二自身がわずかに濁った透明液をとろとろとこぼし始めると、綾部がウッと小さくうめいて言った。

「ああ、吸いつきがすごい、搾り取られそうっ」

「み、つるっ」

「ああ、そう、もっと呼んで、英二！　もっと何度もっ！」

「ひ、ああっ、充っ、充っ！」

番の名の響きは、まるで耳からの愛撫だ。互いに名を呼ぶだけで体が内からかあっと熱くなる。綾部が動きを速めると、後ろから先ほど綾部が注いだものがクプクプと溢れて、結合部から淫靡な水音が上がり始めた。

そうして腹の底から、また絶頂の気配がこみ上げてきて――――。

「は、ぅうっ、みつ、るっ、ぃ、く、また、ぃ、きそっ」

「達って、英二っ、俺もまた、達くからっ」

「はあ、あっ！　充、充っ、ぁあ、あああっ！」

身の内から泉が湧き出すみたいな、凄絶な悦びの頂。

達するのはもう三度目なのに、キュウキュウと綾部を締めつけるたび、英二の鈴口からは白蜜がこぼれ出てくる。

英二の腹の奥にもまた綾部の白濁が溢れて、内奥をひたひたと満たした。

強かな愛情を注がれて、歓喜で泣き出しそうだ。

「み、つるっ、好、き……」

「英二っ……」

「愛して、るっ、充を、愛してる……！」

心からの想いを告げると、綾部が笑みを見せ、体を抱きすくめてきた。

これ以上ないほどに濃密な抱擁に、身も心も深く満たされる。

「ああ、本当にいい匂いだ。英二のこの匂いも、もう俺だけのものなんですね」

英二の首筋に顔をうずめて、綾部がうっとりとした声で言う。

「俺も、あなたを心から愛してます。一緒に、幸せになりましょうね」

優しく包み込むみたいな、綾部の言葉。

放埒の余韻に浸りながら、英二はただ、うなずいていた。

END

あとがき

こんにちは、真宮藍璃です！　『年下アルファと秘密の妊活契約』をお読みいただきありがとうございます～。

今回のお話は、プリズム文庫様からの刊行では初めて書かせていただいた、オメガバースもの、そして個人的に大好きな出オチタイトルで、もう本当にそのままのお話です。

年齢的にそろそろ……、なオメガの受けが、会社の後輩のイケメンアルファ攻めと妊活することになるのですが、とてもおぼこい受けなので、お仕事も頑張りつつ逢瀬を重ねるうち、なんだかだんだんそれだけじゃなくなってきて……、という、遅咲きの初恋のお話でもあります。

そしてタイトルのとおり、今作の攻めは、私には珍しい年下攻めです。

実は年下攻め、今まであまり書いたことがなかったです。

基本的にスーパー攻め様が大好きなので、頼りがいの面で年下君は難しいかな、と思うところも多く、複数ものの攻めの一人だったりはあるのですが、ピンではそんなにいなかったような……。

でも、長年恋と無縁だった受けが、ちょっと生意気だけど難しい駆け引きとかはしてこない、元気で活力のある年下攻めにぐいぐい来られる、という感じのお話も、読むのはとても好きなので、今回思い切って頑張ってみました。

攻めには秘密にしていることがあって、それを知った受けの迷いや、彼が選択する道、そして親になってからのたくましさなども、楽しんで書くことができましたので、皆様にも伝わり